アルマディアノス英雄伝

3

The Heroic Saga of Almadianos

高見梁川

Takami Ryousen

Illustration: 長浜めぐみ

The Heroic Saga of Almadianos

主な登場人物

クラッツ

本編の主人公。18歳。驚異的な身体能力を有する「脳筋」。素直な性格の好青年。

ベルンスト

悠久の時を生きる大魔導士。他者を寄せつけない圧倒的な力を持つ。とある目的で転生を決意する。

コーネリア

クラッツの義理の姉。19歳。母譲りの美貌の持ち主。貧乳なのを気にしている。

ルナリア

イェルムガンド王国の第二王女。18歳。明るく積極的な美少女。武術にも優れ、庶民から人気がある。

フリッガ
ラップランド王国の王妹。19歳。
グリフォンを駆り自ら前線で戦う。通称「白髪の戦乙女」。

アルベルト
イェルムガンド王国第一王女の夫。王国を代表する大貴族。
次代の権力を狙い暗躍する。

クリストフェル
イェルムガンド王国の国王。政治力に長けた有能な為政者。
娘たちにはめっぽう甘い。

クロデット
イェルムガンド王国の元徴税官。
上司の不正を告発して職を失った。とにかく泣き虫。

マリーカ
クロデットの同僚の徴税官。
正義感が強く妥協しない反面、ストレスを溜めやすい。

トリアステラ
妖魔の上級貴族。万を超える妖魔を支配する。
かつて人間の領土への大侵攻を主導した。

目次 Contents

登場人物紹介 —— 002

第一章 家臣募集中 —— 005
第二章 見捨てられた地 —— 097
第三章 復興狂騒劇 —— 205
外伝 それぞれの美醜 —— 285

第一章

家臣募集中

The Heroic Saga of Almadianos
アルマディアノス英雄伝

妖魔《ようま》の領域の外縁部《がいえんぶ》とアースガルド帝国の領土を縫《ぬ》うようにして、百騎ほどの騎兵が馬を駆《か》っていた。

「もうじき国境が見えてくるな」

晴れ晴れとした顔でラップランドの王妹《おうまい》フリッガが振り向くと、そこには苦笑しつつも、正面から彼女の視線を受け止めるクラッツがいた。

対アースガルドにおけるラップランド勝利の報と、国王の親書を携《たずさ》えて帰国することになったクラッツだが、当然のようにフリッガが同行を申し出たのだ。

「間諜《かんちょう》からの報告でも、アースガルドがイェルムガンドへ侵攻する兆《きざ》しが見える。ならば今度は、我が国がイェルムガンドをお助けするのは当然のこと」

「殿下はラップランドの武の要《かなめ》、あまり国を離れぬほうがよろしいのでは……」

「そこは残された我らがなんとかする。これはイェルムガンドの国論を我が国寄りにする政治工作でもあるのだ。断ってくれるな」

そういって妹の背中を押したのは国王ジークフリートだった。

アースガルドへの対応について、イェルムガンドの国論が割れているのは承知している。

しかし両国が対立してもらわなくては、北方同盟とて、再びの戦争に勝てるかどうかはわからない。

それに男勝りの妹にようやく訪れた恋を応援してやりたいと思うのは、兄として当然であった。

「――ならばご厚意に甘えましょう」

ラップランドの勝利を報告するのに、証人としてフリッガがいるかいないかでは、真実味と威厳が比較にならない。イェルムガンドの宮中の空気を塗り替えるには、確かにフリッガがいてくれたほうがよかった。

喜色も露《あら》わにしたフリッガは、精鋭の百騎を伴って、即日クラッツとともにイェルムガンドへ出発したのである。

「それにしても、妖魔の領域が近いとは思えぬほど静かだな。奴らはもっと貪欲《どんよく》に人を狙ってくるものと思っていたが」

何気ないフリッガの言葉に、クラッツは密かに背中に汗をかいた。

ラップランドへの道すがら、調子に乗って妖魔を大虐殺《だいぎゃくさつ》したことを思い出したのである。

妖魔の貴族とかいうやつをぶちのめしたから、このあたりの妖魔は散り散りにいなくなってしまったのではあるまいか。

「な、何事もなくてよかったじゃないか……」

「それはそうだが……何を　そんなに焦《あせ》っているんだ？」

「焦ってなどいない！」

そんな冗談のような会話を続けているうちに、森林を抜けた丘の向こうに、アースガルドとイェルムガンドの国境に位置するメルクーリ砦《とりで》が見えてきた。

この砦を抜ければ、イェルムガンドまではおよそ半日ほど。

もう少し妖魔の領域の奥に進み、戦闘を回避するという手もあるのだが……。

「ここまできたら……」

「行き掛けの駄賃《だちん》だな！」

二人の戦闘狂にとっては、そんな消極的な策を採る理由がひとつもなかった。

◆　◆　◆

メルクーリ砦の守備隊長であるカリストは、いつ見ても代わり映えのしない長閑《のどか》な田舎《いなか》の風景に、盛大にあくびをしていた。

イェルムガンドが侵攻してくるなど考えられぬ現在、時折迷い込んでくる妖魔の討伐をする他にやるべきこともない。

アースガルド帝国軍の一員として最低限の訓練はこなしているが、平和が長く続けば気が緩むのは、どこの国の軍でも同じであった。

「早く帝都に呼び戻してもらえんかな……。こんな女もいない辺境《へんきょう》で男盛りをくすぶらせるなんてたまらんぜ」

「また隊長の愚痴《ぐち》が始まりましたか」

「うるせえ！　お前らだってそう思ってんだろうが！」

「私は隊長と違って若いですから、命の危険なく貯金をする機会は得難《えがた》いと思っておりますよ？」

「けっ！　若いのに何を達観《たっかん》してやがる！　俺の若いころはナ～～！」

そのときだった。

「後方から騎兵接近！　その数およそ百！」

「騎兵だあ？　こんな田舎になんだってそんなもんが……」

「隊長、どうします？」

「とりあえず警戒しろ。敵対勢力かもしれんからな」

と言いつつも、カリスト自身はおそらく抜き打ち査察のようなものだろうと考えていた。

戦場から離れるほど、兵の士気は緩み緊張感が失われる。

その弊害《へいがい》をなくすために帝国軍の監査官が、定期的に辺境を査察してまわることをカリストは知っていたのである。

しかし――。

「あれは……ラ、ラップランドの紋章《もんしょう》？　なんでこんなところに！」

「ラップランドだああ？」

第四軍団がラップランドに侵攻している程度の情報はカリストのもとへも届いている。

交戦中の国の軍隊が出現したということは、導きだされる答えはひとつであった。

「弩《いしゆみ》の弦を引け！　昼寝してる連中を叩き起こせ！　ぐずぐずしてる奴は城壁から叩き落とすぞ！」

「総員戦闘配置につけ！　急げ！」

重厚な石造りの城壁を持つメルクーリ砦の防御力は高い。

いざというときには対イェルムガンドの前線拠点として使用できるように設計されており、最大で三千強の兵力を収容できる。

しかし現在駐留する兵力は、その十分の一程度でしかなかった。

「たかだか百の騎兵なんぞに砦を落とされてたまるかよ！」

もともと騎兵は攻城戦には向かない兵科である。しかも兵数で圧倒的に優位。

その事実を認識した守備兵は徐々に冷静さを取り戻しつつあった。

「ま、今日のところは欲求不満を解消させてあげましょうかね？」

『ほ、本当だな！　今から嘘《うそ》とか言うのはなしだぞ？　そんなこと言われたら泣くぞ？』

「正直すまんかった」

最強の魔導士であるはずのベルンストの食いつきっぷりに、クラッツは自分の脳筋ぶりがよほどストレスを与えていたことに気づいた。

『あの砦はなくなっても構わんな？』

「それはかまわんだろうけど、底なしの穴みたいなのが出来るのはまずいんじゃないか？」

『そうか、ならば潰すとしよう』

「――この地に宿る四大元素《マテリアル》に告ぐ。我が名はクラッツ・ハンス・アルマディアノスである」

敵にベルギットのような戦士も魔導士もいないので、クラッツは余裕を持って詠唱を開始した。

「汝《なんじ》に命じる。我により憑《つ》きてその力を貸せ。我に敵対する者よ。地に伏して断罪の獄《ごく》を抱け。果てなき劫洞《ごうどう》」


「奴ら騎兵なのに止まっちまって、何をしようってんですかねえ」

「援軍を待っているとも思えんが……あるいは魔導士がいるのかもしれん」

カリストの予想は正しかった。

しかしいかんせん規模が違いすぎた。

カリストの予想では、せいぜい火球や雷撃が飛んでくる程度だった。

ピシリ、と石垣にひびの入る音が聞こえたかと思うと、見えない力で押さえつけられるように、カリストたちは一斉に地面を這《は》わされた。

いったい何が起こったのか理解できない。

まるで天地が逆転して、地面に向かって落下するような感覚だった。

慌てて立ち上がろうとするが、指一本動かすことさえままならない。

圧力による息苦しさにうめく声があたりから響く。

「なんだ？　何があった？」

こんな魔導など聞いたことがなかった。

通常の攻撃魔導なら多少の犠牲を覚悟すれば対抗する手段がある。

しかし砦全体に作用するなど、魔導士団が総力を挙げた大規模対軍魔導レベルの威力ではないか。

いったいどれほどの魔導士がいるのか、確かめようとしたが誰ひとり立ちあがれなかった。

「た、隊長。逃げられねえすか？」

「すまんな。どうにかしてやりたいが……」

ますます圧力が強くなっていく。

もう口を開くことすらできそうになかった。

砦の内部の小屋がベキリ、ボキリ、と音を立てて柱ごと倒れていく。

長年の風化でバランスの悪くなっていた南側の城壁は、一か所が崩壊すると同時に連鎖反応を起こして崩れ去った。

（……ちっ！　左遷《させん》されてこんな田舎で死ぬとは割が合わん話だぜ）

その思考を最後に、カリストという人格は永久に思考を停止した。

パシャリと西瓜《すいか》が割れるような音とともに、メルクーリ砦の守備兵たちは、重力崩壊現象による大地の滲《にじ》みと化したのであった。

――ゴギッ！　バゴッ！

フリッガを除くラップランド兵は目の前の光景にどん引きしていた。

傍《はた》から見ると、砦の中心部に虚無の口が開いて、内側からバリバリと砦を食らっているように見える。

とうの昔に死んでいるのであろう。兵士たちの悲鳴が聞こえないのが唯一の救いであった。

時間にしてわずか十分余。

最初からなかったかのように砦は土台ごと消失していた。

もちろん、石垣どころか兵士たちがいた痕跡《こんせき》すら残ってはいない。

何も知らぬ者が通りかかれば、ここは最初から原っぱであったと疑いもしないであろう。

『どうだっ！』

良い仕事をしました、と言わんばかりに鼻たかだかのベルンストを、クラッツは無情にも突き離す。

「思ったより地味」

『まわりに被害が及ばないようにした、局地破壊魔導のひとつの極みなのにっ⁉』

魔導の芸術的な繊細《せんさい》さは、やはりこの脳筋には理解できないのか。

しばらくぶりに満足のいく魔導だったのに、ベルンストは理解されない現実に打ちひしがれた。

その時、クラッツの「地味」という言葉を耳にしたフリッガが口を開く。

「いや、ある意味恐ろしい魔導だと思うぞ？　どんな魔導が使われたか想像もできないだろうから余計にな」

『おう、お前よりフリッガ殿のほうがよほど魔導をわかっておるわ！』

「あんまり褒《ほ》めないで。つけあがるから」

「はいっ？」

意味がわからず、首をかしげるフリッガだった。

◆　◆　◆

アルベルトは、このところのイェルムガンド宮廷の空気の変化にいらだちを隠せずにいた。

原因はわかっている。

小国ラップランド勝利の報が、アースガルド帝国に対する恐怖心を少なからず薄め、同じ五大国としての矜持《きょうじ》を取り戻させたのだ。

貴族という生き物は、自分が生き残るためなら時として家族も捨てるが、同時にプライドが高い。

見も知らぬ国に頭を下げずに済むなら、下げたくないというのが本音であった。

「全く、大人しく滅んでおればよいものを……」

奇跡的とも言えるラップランドの勝利は、これまで大国の蹂躙《じゅうりん》に為されるがままであった小国の希望となりつつある。

この空気が広まれば、すでに占領された小国でも反乱の動きが出かねない。

加えて、心なしかアースガルドの動きが鈍ったようにアルベルトは感じていた。

(まさか本気で困っているのではないだろうな?)

ラップランド戦での損害は確かに大きかったかもしれないが、アースガルドのような大国にとって、それが致命的とは思えない。

果たして実情がどうなのか、アルベルトに見抜く力はなかった。

何より問題なのは、ラップランドの勝利を受けて、イェルムガンド内でルナリア王女の派閥《はばつ》が息を吹き返していることだ。

全く小面憎《こづらにく》いことであった。

あの程度の損害など、アースガルド帝国にとっては何の問題にもならない。

四カ国を同時に相手取るほどの隔絶《かくぜつ》した戦力があの国にはあるのだ。

平和ボケしたイェルムガンドなど鎧袖一触《がいしゅういっしょく》で敗れるであろうと、どうしてわからない？

一時は王宮の七割近い勢力を確保していたアルベルトだが、このところ中立寄りだった貴族たちがルナリア派に鞍替《くらが》えしており、再び両者の勢力は拮抗し始めていた。

この分《ぶん》では、おそらくルナリアとアースガルド皇帝ヘイムダルの結婚工作も失敗に終わる可能性が高い。

「あと一歩であったというのに……」

国王クリストフェルも間違いなく自分に傾きかけていたという実感はある。

あとわずかなきっかけさえあれば、国王はヘイムダルの求めに応じ、ルナリアをアースガルドに送り出す決断を下したであろう。

それがどうしたわけか、様子見に終始して一向に動こうとしなくなったのだ。

ふと、決して自分に媚《こ》びようとしないクラッツの面影《おもかげ》がアルベルトの脳裏をよぎった。

「いや、それはありえん」

あの疫病神《やくびょうがみ》の魔導士は国王の命を受けて、妖魔を使役《しえき》していたオリベイラの魔導を調査すべく、アイゼンガー領に派遣されているはずだ。

このところルナリアと接触すらしていないことをアルベルトは把握していた。

それに国王は情で国家戦略を決めるような男ではない。

ルナリアとクラッツがいくら反対したところで、国益のためならば容赦《ようしゃ》なくルナリアを切り捨てたはずであった。

そうなれば王位継承者はフェルベルーで確定。その夫として、アルベルトは合法的にイェルムガンド王国を手に入れる。

そんなアルベルトの野心は達成まであと一歩のところまで迫っていたのだが、計画は今大きく狂おうとしていた。

「あの忌々《いまいま》しい娘が死んでいれば、この苦労もなかったものを」

その原因は、何といっても治療不能と思われたルナリアが回復してしまったことにある。

しかもその際、アイゼンガー男爵の企《たくら》みを暴かれ、アルベルトも疑いをかけられてしまった。

なので現状、ルナリアの暗殺は見送らざるを得ない。

下手に陰謀がばれるようなことになれば、フェルベルーの王位継承どころかアルベルトの命すら危ういのだ。

「余計なことをしおって、あの魔導士め。しかし姿が見えないのも不気味だな」

アイゼンガー領での出来事を記録した映像を映し出す謎の魔導を、アルベルトは苦々しく思い返す。

あれ以来、常に誰かに見られているような気がして心休まる暇がないのだ。

本当に厄介な男だ、とアルベルトは思う。

「いざとなれば荒療治も考えなくてはならんか」

アルベルトとしては、イェルムガンド王国の国力の低下は望むところではない。

アースガルド帝国の力を利用し、イェルムガンドの至尊《しそん》の座に就いたとしても、あまりイェルムガンドの国力が低下してしまうと、用済みとして排除される可能性が高かった。

アルベルトを国王にして協力させたほうがよい、とアースガルド帝国が判断する程度には、イェルムガンドは強国でなければならない。

だから内乱を起こすのは最終手段である、とアルベルトは考えていた。

もっともそれは、あくまでも自分が敗北しないという前提があればこその話であったが。

◆　◆　◆

「私はラップランド王国王妹フリッガである。イェルムガンド国王クリストフェル陛下にお取次いただきたい！」

朗々たる美声に、イェルムガンドの国境守備隊長カンネーは目を剥いて目前の美女を見つめた。

大陸に三人の戦姫《せんき》あり。

一人はアースガルドの狂姫スクルデ。

もう一人はラップランドの白髪の戦乙女《スノーホワイト・ワルキューレ》フリッガ。

そしてゲルトシュタインの紅い死神ミスリナ。

軍に身を置く者なら誰もが耳にする名である。

生ける伝説を目の当たりにしたカンネーが、一時呆《ほう》けてしまったとしても責められまい。

まして絶望的な戦況を覆《くつがえ》して、ラップランドが国土を防衛したという情報を耳にしたばかりなのだからなおさらであった。

「……殿下に質問することをお許しください。今、皆さまはアースガルド帝国方面からこのミエバ砦にやってきたように思われたのですが」

「無論、アースガルドを縦断してやってまいった。我が国とアースガルドはまだ和平を結んだわけではないのだ。何も問題はあるまい？」

「なんですと！　し、しかしまさかたった百騎で……」

いかに白髪の戦乙女《スノーホワイト・ワルキューレ》でもそれは不可能ではないだろうか。

カンネーは四十代も半ばに達し、無数の小さな戦を経験してきた。

たった百騎ほどの小集団が、兵站《へいたん》も地理も無視して堂々と敵国を通過してくるなど、カンネーの経験からすればありえぬ話であった。

「まあ、そなたの疑問ももっともだな。しかし証拠ならあるぞ？　この先のメルクーリ砦を跡形もなく消し去っておいたからな」

「ご……冗談でしょう？」

メルクーリ砦はアースガルドがイェルムガンド王国侵攻の前線拠点として整備した、小規模な城塞である。

そもそも攻城戦に向かない騎兵が、守備兵より少ない兵力でどうして落とすことができるだろう。

「生憎と私は冗談を言う性質《たち》ではない。嘘だと思うなら、斥候《せっこう》を送るなりして確かめればよかろう？」

フリッガの言葉にカンネーは決然として頷いた。

前線を預かる人間として、決して手をこまねいて放置してよい話ではなかった。

メルクーリ砦がなくなったとすれば、ミエバ砦としては願ってもないことである。

何せ任務として監視していた仮想敵の根拠地がなくなったのだ。

しかし、メルクーリ砦を落としたフリッガがこうしてイェルムガンドにいるのは問題であった。

ことと次第によっては、アースガルドとの戦争の原因になることすらあり得た。

もしかしたらそれを狙ったアースガルドの工作ではないか、とカンネーは疑ったのである。

だからといって、ここでフリッガたちを受け入れないことにも問題がある。

アースガルドに対して劣勢な戦力上、友好国であるラップランドを実質見捨てざるをえなかったという負い目がイェルムガンドにはある。

クラッツが一人で戦局をひっくり返したのはあくまでも結果にすぎないのだ。

さらに、実力でアースガルドを押し返し独立を守ったラップランドの評価が各国で高まるなか、フリッガ王女を門前払いすれば、イェルムガンドは国際社会から頼るに値《あたい》せず、というレッテルを貼られるに違いなかった。

純軍事的にアースガルドに劣るイェルムガンドにとって、各国との同盟関係はまさに死活問題である。

ことはカンネーの権限を明らかに超えていた。

しかしそうした諸問題の可能性を想像できるだけ、カンネーは十分に優秀な部類の軍人と言えるだろう。

「――王宮の指示を仰ぐまでご逗留《とうりゅう》を賜りたいがよろしいか?」

カンネーとしては、祈るような思いでそう頼み込む以外に選択肢はなかった。

◆　◆　◆

ミエバの砦からの早馬が夜を日に継いで駆け、イェルムガンドの王都へ到着したのは二日後の朝であった。

宿馬制が発達したイェルムガンドとはいえ、一睡の休みも取らずに騎士が替え馬を走らせ続けたその速度は恐るべきもので、ミエバ~王都間の最短到達時間は、大幅に記録を更新した。

「軍務卿に……バイヤール侯にお取次願いたい。私はミエバ砦守備中隊、小隊長バルス・キャラウェインである！」

荒い息遣いとともに馬のたてがみに身体を倒れ込ませた騎士は、うめくようにして来訪を告げた。

あまりに鬼気迫る様子に、対応に当たった門番は、騎士が命がけで何らかの急報を届けに来たことを理解した。

「わかった……おい、早く宮廷士長に連絡しろ。よし、水だ。ゆっくり口に含め。あまり急いで飲むなよ」

「ありがたい……」

疲れ切った騎士を介抱しながら、門番は不吉な予感に胸が騒ぐのを抑えきれなかった。

ミエバの砦といえば、アースガルド国境の最前線の要地として有名である。

加えて、ここまで慌てなくてはならないほどの重要事となれば話は限られてくる。

（こりゃ戦かな……悠長《ゆうちょう》に門番なんてやっていられるのも、今のうちかもしれん）

ミエバの騎士、バルス・キャラウェインの一報はイェルムガンド宮廷に激震を走らせた。

すでにラップランドの勝利は神話的な色彩を帯びて語られつつあったが、さらに敵国内を悠々と突破し寡兵《かへい》よく砦を陥落させたとあっては、もはや開いた口が塞がらないどころではない。

まさに英雄譚《えいゆうたん》のような出来事である。

救国の王女が敵中を突破し、攻略困難砦を落として凱旋《がいせん》するというシチュエーションは、イエルムガンド貴族の琴線《きんせん》に触れた。

「――そんなバカなことはありえぬ！」

ラップランドの勝利以来、日に日に失われていくアースガルドへの恐怖感をなんとか繋ぎとめようと、ストラスブール侯アルベルトは派閥の引き締めに必死だった。

よくもこんな馬鹿馬鹿しい報告をもたらしてくれたものだ、と使者を八つ裂きにしてやりたい怒りにも駆られていた。

騎士バルスの報告を信じるならば、フリッガ王女はわずか百の手勢でアースガルド国内を四百キロ以上にわたって横断したことになる。

さらに数百名以上が立て籠もっていたはずのメルクーリ砦を丸ごと破壊して、味方には一人の死者も出さなかったらしい。

そんなことが現実に可能なら誰も苦労はしない。

戦は素人《しろうと》のアルベルトであっても、もしも同じことをイェルムガンド軍に要求したとすれば、万を下らない軍勢が必要であることは容易に理解できた。

つまりバルスが言っているのは、誇張された噂から生じた虚偽なのだ。

そうアルベルトが断じるのは、報告があまりに現実ばなれしているせいもあるが、何よりアースガルド側からなんの情報も入ってこないからだった。

密《ひそ》かに母国を裏切りアースガルドと通じているアルベルトは、自分がもっとも正確な情報を握っていると過信していた。

それはアースガルドが勝利しているうちは事実であったが、都合が悪くなれば内通者に対する情報は規制される。

実は方面軍司令官が戦死したうえ軍団は潰滅した、などという情報を簡単に知らせるはずがなかった。

アルベルトは地位の高い者にありがちなことに、自分がアースガルド帝国にとって重要な協力者であることを疑ってもみなかった。

しかし現実はアルベルトなど、どう転ぼうとイェルムガンド王国に混乱を招き寄せるためだけの駒にすぎなかったのである。

もちろんアルベルトの思惑通り、彼がイェルムガンドの王座に就いたとして、大人しく後見するなど帝国は考えてもいない。所詮は自らの利益のために、手を握るふりをしているだけなのだ。

「いったい誰の描いた絵だ？　バイヤール卿や脳筋のロズベルグとも思えんが……」

問題はアルベルトが虚偽と信じるフリッガ来訪の情報が、妙な説得力を持って王宮の勢力図を塗り替えようとしていることにあった。

ただでさえ英雄という存在は、理性ではなく感情によって人の狂熱を呼ぶ。

まして見目美しい美女が、いけしゃあしゃあとルナリアを支持しようものなら、フェルベルー派はたちまち失脚するかもしれなかった。

良くも悪くもフェルベルーには、ルナリアのような強烈な個性がない。

それはアルベルトが操りやすく、貴族にとっても与《くみ》しやすいという利点でもあったが、今このときだけは欠点のほうが目立った。

「ラグランはいるか？」

「御前《おんまえ》に」

「フリッガを名乗る偽者の正体を洗え。事実でも捏造《ねつぞう》でも構わん。あの女がフリッガ殿下であってはならんのだ」

「――御意《ぎょい》」

◆
◆
◆

一方、ルナリア王女派の筆頭である軍務卿バイヤール侯セルヴィスは、バルスの報告がほぼ事実であることを知悉《ちしつ》していた。

もともとセルヴィスは、クラッツによるラップランド救援計画を知らされている。

半信半疑、というか眉《まゆ》に唾《つば》して聞いていた話ではあるが、まさかこれほど早く明確な結果を出すとは夢にも思っていなかった。

強兵で知られるラップランドの滅亡を先延ばしするのに、少しでも貢献できれば僥倖《ぎょうこう》と考えただけだったのだが。

さすがは殿下の見込んだ男、ということか。

もっともまだまだ殿下の婿《むこ》として認めたわけではないぞ、とセルヴィスは顔を引き締めて決意を新たにする。

ルナリアの相手は武の力量だけではなく、内政家としての手腕や品格を兼ね備えていなければならないのだ。

一人で百面相をしているセルヴィスに、無言で初老の軍人が近づいた。

「……ストラスブール公はどうやら、フリッガ殿下を偽者と断じる心算《しんさん》のようです」

副官からの報告を受けて、慎重な彼らしくもない迂闊《うかつ》なことだとセルヴィスは嗤《わら》う。

いや、しかしそれも無理のないことか、とセルヴィスは思い直した。

もし自分が同じ立場にあったとすれば、アルベルトと同様の判断を下したに違いないからだ。たった百人の兵士で数百人が守る砦を落とし、破壊するような土木工事を行うなど、まさにおとぎ話だった。

王国の誇る武人ロズベルグが参加していても、そんな真似は不可能である。もちろん他国においても同様と言えよう。

そもそも天下に名立たるフリッガ王女がそんな虚言を弄《ろう》する必要はないし、せっかく独立を守ったという輝かしい勝利に、汚泥《おでい》を塗りたくる愚挙にしか思えなかった。

すなわちフリッガを名乗る女は真っ赤な偽者――おそらくはルナリア派の意向を汲《く》んだ猿芝居に違いない。

こうアルベルトが考えるのは、論理的にごく自然であるように思われた。

そしてセルヴィスはもうひとつ、悪意ある事実を承知していた。

「ふむ、あまり褒められたものでもないが、王宮での化かし合いについても及第点をやってもよいか」

意地の悪い笑みが思わず浮かんでしまう。

セルヴィスのその表情はどこか、まだ幼い少年が友人を悪戯に誘い込もうとしてるようであった。

「ま、こっちも腹に据えかねることをされた。お互い様というところだな」

入国したフリッガ王女は、伝え聞く容貌とは似ても似つかぬ黒髪の美女であるらしい。

もちろんそれは、ミエバの砦を訪れた時点のフリッガ王女とは異なる。

とある腹黒い魔導士がフリッガを別人に変えてしまったのだ。

クラッツの意図を正確に察したセルヴィスは、こらえきれぬ、というようにくつくつと嗤って副官を下がらせたのだった。

◆　◆　◆

当初はフリッガが来訪という衝撃的な報告に沸いたイェルムガンドの宮廷も、あまりに非現実的な内容と、本来もっとも大騒ぎするはずの軍務卿が沈黙を守ったこともあって、急速に静かになりつつあった。

こうして見ると、逆に自分にとっては幸いな状況かもしれない、とアルベルトは胸を撫でおろした。

むしろこんな馬鹿な脚本を書いた愚《おろ》か者をあぶり出し、今度こそルナリア一派にとどめを刺す好機と言えた。

セルヴィスが動かないのは、彼がこの狂言に関係していないからであろう。

とすれば、真相はルナリア派の将校の暴走といったところか。

それでも軍部の影響力を弱めるには十分な失態だとアルベルトはほくそ笑む。

あとはアースガルドの侵攻までに、それを間に合わせるだけだ。

次代国王をめぐる争いにも、どうやらはっきりとした勝利の道筋が見えてきたようであった。


「お館様、よろしいでしょうか？」

「ラグランか。首尾《しゅび》はどうだ？」

密偵のラグランは表情を変えずに黙って頭を下げる。

「フリッガ殿下を名乗る女、黒髪に黒い瞳で、別人であることを確認いたしました。念のためフリッガ殿下を見知った人間を二、三用意しております」

「間違いないか？」

「フリッガ殿下が白髪の戦乙女《スノーホワイト・ワルキューレ》の異名をとることは子供でも知る事実。本物ならば瞳は金で、国王ジークフリート陛下とさほど変わらぬ身長のはずでございます」

「せっかく我が国に来たというのに変装する意味はない。全く愚かな真似をしたものだな」

少し考えれば誰でも見抜けそうな話である。

こんな程度の低い嘘に頼らなければならないほど、ルナリア派は追い詰められていたのだろうか。

勝利を確信したアルベルトであったが、続くラグランの言葉で、背中に冷や水を浴びせかけられた。

「ですが一点、気になることが……」

「何だ？」

「そのフリッガ殿下の偽者の傍に、あの魔導士の姿がありまして」

「……あの男か」

その瞬間、アルベルトは全ての謎が解《と》けた気がした。

クラッツは平民の出身で、ルナリアを治療した功績によって貴族に成り上がりはしたものの、ルナリア以外の後ろ盾もない弱小貴族である。

ルナリアが嫁として国外に出てしまえば、もはやクラッツを守るべき庇護者《ひごしゃ》はどこにもいないのだ。

なるほど、教養も経験もない平民出が考えそうな実に短絡的な陰謀である。

魔導の腕は確かでも、政治と謀略のほうはとんだ素人らしい。

アルベルトは鼻で嗤う。

「ふふふ……愉快なことになった。労せずして邪魔者を二人とも消し去る機会が得られるとは」

◆　◆　◆

いよいよフリッガ王女が国王クリストフェルに面会する日が訪れた。

友好国であるうえ、アースガルド帝国の侵攻を奇跡的に跳ね返した英雄とあって、宮廷は盛大な歓迎の用意を整えていた。

これで偽者と暴露《ばくろ》されれば責任のほどはいかばかりか、とアルベルトは笑みを抑えるのに苦労した。

見れば、ルナリア派の貴族たちは揃って意気軒昂《いきけんこう》である。

ラップランドの援軍要請を無視して見捨てた癖に、勝ったとみると尻尾を振るのか。

自分が援軍に反対したことを棚に上げてアルベルトは嗤う。

宰相《さいしょう》のウスターシュは両派の間に流れる微妙な空気を敏感に察した。

フリッガ王女を名乗る女が、実物のフリッガとは似ても似つかない、という情報はウスターシュにも届いていた。

おそらくはアルベルトも同様なのだろう。彼の余裕のある表情がその証拠であった。

しかし、ルナリアにもっとも近い軍務卿のセルヴィスやロズベルグの余裕ぶりはどういうことか。

彼らにしても軍の課報部から情報が入らぬはずはない。

宰相府の間諜部隊と軍の諜報部は、同じ国の仲間でありながら長くライバルとしてしのぎを削っている。

こんな簡単な事実をわからぬはずがないのだ。

それでは……。

(まさか、クーデター?)

軍が一致協力してクーデターを起こせば、いかに宮廷でフェルベルー派が多数を占めているといえども勝利は容易《たやす》いだろう。

ロズベルグが宮廷の貴族を虐殺《ぎゃくさつ》していく姿を夢想して、ウスターシュはそれを否定するかのように頭を振った。

ありえない。あの二人の人となりからしてその可能性はない。

ウスターシュは二人が国王クリストフェルにどれほど忠誠を捧げているかを知っていた。

だからこそ違和感が拭えないのだ。


「クリストフェル陛下のおなり!」

女官の朗々たる宣誓と同時に、ウスターシュをはじめ貴族たちは一斉に跪《ひざまず》いて頭を垂れた。

かつかつと国王の足音が通り過ぎていく。

ゆっくりと玉座に腰を落ち着けると、クリストフェルは機嫌よく声をかけた。

「大儀である。面《おもて》を上げよ」

ラップランドへのアースガルド侵攻以来、すっかり気難しくなっていたクリストフェルが、いかにも楽しそうに浮き立っている。

アルベルトはその原因がラップランドの勝利にあることを悟って内心で舌打ちした。

「今日ははるばる我が国を訪ねてくれた客人を、卿《けい》らに紹介しようと思う。さあ参られよ、フリッガ殿下」

左右に騎士を従えて、ラップランド王国の正装に身を包んだフリッガが現れた。

戦場を支配する本物の英雄だけが身にまとう、なんとも言えぬ威圧感がある。

戦を知らない者も、背筋が寒くなるような冷気を感じて身を竦《すく》める。

(これは本人だ!)

ウスターシュの額を冷たい汗が流れた。

老練な宰相は、経験によって、見た目ではなく雰囲気で人を見抜く力が備わっていた。

しかし若いアルベルトにそこまでの力はなかった。

「ごきげんようクリストフェル陛下、そしてイェルムガンドの皆さま。我が主君ジークフリート陛下よりイェルムガンド王国へ、心よりの感謝の言葉をお伝えいたします」

「ラップランドはかけがえのない友邦である。ジークフリート陛下に、よしなにお伝えいただきたい」

――なんのことだ？

現実として、イェルムガンドはラップランドを見捨てたではないか。

わざわざ王女を寄こして感謝される謂《いわ》れはない。

だがその噛み合わぬ会話をクリストフェルが理解している様子なのが何より怪しかった。

こういうときのクリストフェルが、非常に性質《たち》の悪い悪戯をする傾向があることをウスターシュなどは熟知していた。

しかしそうは考えない者もいる。

ラップランドは、イェルムガンドの不義を責めることがあっても感謝するなどありえない。

ということは、やはりこの偽フリッガはルナリア派による工作で、アースガルドに勝利したラップランドの国威を背景に、イェルムガンドとアースガルドを敵対させようとする策略に違いないと、アルベルトは確信したのである。

「どうか殿下に質問する無礼をお許しください」

そう高らかに宣するアルベルトの声は、勝利の自信に満ち溢れていた。

「失礼だが、貴殿は？」

「これはしたり。我が名はストラスブール侯アルベルトと申す者。どうかお見知りおきを」

他国の人間とはいえ自分を知らないというのか。

アルベルトはいささか気分を害したが、それはさらなる昂揚の呼び水にしかならなかった。

「――こんなことを伺《うかが》うのは不本意なのだが、殿下は真実、フリッガ王女殿下でいらっしゃるのですかな？」

ザワリ、と廷臣たちの間にどよめきが広がっていく。

フリッガが白髪の戦乙女《スノーホワイト・ワルキューレ》の異名をとることは有名だ。

黒髪のフリッガを名乗る女性に違和感を覚えていたのは、アルベルトだけではなかったのである。

「それは心配させてしまったね。侯も知っているとは思うが、私は少々目立ちすぎる。これはアースガルドの目を避ける変装だと理解してもらいたい」

「瞳の色も、ですか？」

「念には念を入れることにしているのだ」

さすがにこの程度で口は割らんか。

偽者の悪あがきに、アルベルトは口元を歪めて笑いたいのをこらえた。

「私の配下には殿下の御姿を拝見した者がおりますが、身長も顔の形も似ても似つかぬ様子。それも変装のうちであると？」

化粧で年齢や容姿をごまかすことはできるだろう。

しかし身長や顎、鼻の形までは変えられない。

それはすなわち、今いるフリッガ王女が本人ではないことを意味していた。

「ところでガウラ卿？」

無言で返答に詰まっている偽者から、その背後に控えているクラッツへとアルベルトが矛先を変えた。

「陛下に妖魔を使役する魔導の調査を命じられたはずの卿が、なぜフリッガ殿下の傍にいるのかな？」

つい最近貴族に取り立てられたばかりのクラッツがフリッガと接点を持つはずがない。

そもそも他国の王女とクラッツでは身分が違いすぎる。

つまるところ、この女はクラッツが用意した替え玉なのだ。

「…………」

沈黙するクラッツに、アルベルトは得意気に畳みかけた。

「答えられないのかい？　それではまるで、君がラップランドの勝利を奇貨《きか》として、イェルムガンドの国家政策を変えるためにフリッガ王女の替え玉を用意した、と勘繰《かんぐ》られてしまうよ？」

もっともそれが事実なのだろうけどね。

貴族たちの間にたちまちクラッツに対する不信と怒りが広がっていく。

わざわざラップランドからフリッガ王女がやってきた、ということにも、アースガルドの領内を数百キロ縦断してやってきたことにも、疑念を抱く者は多かったのである。

「もしそれが事実なら、その罪が軽いとは思わぬことだ」

国王を欺《あざむ》いたのだ。軽くても死罪は免れない。

勝ち誇ったアルベルトが、再びフリッガに追及の手を伸ばそうとしたときであった。

「ことは機密であるゆえ黙っておりましたが、真相を話してもよろしいでしょうか、陛下？」

「うむ、許す」

クラッツの言葉を肯定するクリストフェルに、アルベルトは愕然とする。

こんな猿芝居に国王が関与する理由がわからなかった。

「実は魔導の調査とは表向きのこと。陛下の勅命《ちょくめい》を受けて、私はラップランドへ援軍として派遣されておりました」

「馬鹿な！　たった一人がなんの役に立つ！」

あまりにも荒唐無稽《こうとうむけい》な話にアルベルトは我を忘れて絶叫する。

「嘘ではないぞ。ラップランドの勝利は半ば以上ガウラ卿がもたらしてくれたものだ。ちなみにその功績を讃《たた》えて、勝手ながら名誉伯爵の地位を贈らせていただいた」

「ふざけたことを言うな！　この偽者め！　いったい貴様は何者だ！」

優雅な佇《たたず》まいで知られるアルベルトらしからぬ醜態《しゅうたい》であった。

それほどクラッツの話はアルベルトの意表を衝いたのである。

「誰と言われても、私の名はフリッガ・ラップランドというほかはないが」

「ではその姿をどう説明するというのだ！」

「そんなに姿が大事か？　変装だと言ったであろう？」

「変装で身長や顔かたちまでは変えられぬ！」

「ああ」

初めて気づいた、というように、クラッツは仰々《ぎょうぎょう》しく手を叩いた。

「なるほど、勘違いをさせてしまいましたか。変装は変装でも魔導の変装でございましてな」

パチン、とクラッツが指を鳴らした瞬間である。

蛍《ほたる》の光を砂に変えたような微細《びさい》な光の粒が宙を舞ったかと思うと、そこには鮮やかな白髪をなびかせたフリッガの姿があった。

（――謀《はか》られた）

滝のように血の気が引いていく音が聞こえる気がした。

ようやくにしてアルベルトは、これが最初から自分を標的とした謀略であることに気づいた。

「ま、待て！　今の姿のほうが偽でないとどうしてわかる！」

クラッツが勝手に自滅してくれた、と欣喜雀躍《きんきじゃくやく》していたモートレッドが慌てて口を挟む。

しかし彼の期待はもろくも裏切られた。

「このフリッガ殿下は本人だ。余とフリッガ殿下しか知らぬ秘密を知っておったしな」

「秘密ですと？」

「以前、フリッガ殿下に犬を贈ったことがあってな。不敬であるから広言はできぬが、ジークと名付けたと返書をもらった」

「表向きにはレイと呼んでおりますけれど」

悪戯に成功した子供のように、クリストフェルとフリッガはお互いに視線を交わして笑い合った。

「――余はガウラ卿と賭けをしておってな」

声は明るいが、込められた気迫が並みではなかった。

ガラリと雰囲気の変わったクリストフェルに、アルベルトもウスターシュも嫌な予感を覚えずにはいられなかった。

「ガウラ卿がたった一人でアースガルドを撃退できたならば、我が国も決してアースガルドに膝を屈するような真似はすまいという賭けだ」

「へ、陛下！　それは！」

馬鹿げている。

しかしたった一人で帝国と戦うというほうが、よほど馬鹿げた条件であった。

「アースガルド恐れるに値せず。セルヴィスもロズベルグも以前からそう言っておったがな。余はその言葉を信じることができなかった」

むしろ一歩も二歩も譲るであろうとクリストフェルは考えていた。

「ガウラ卿は、我が国が決してアースガルドに劣らぬことを証明してくれた」

「なりません！　なりませんぞ陛下！　どこの馬の骨かわからぬ男の妄言《もうげん》を信じて、国家の大事を誤りなさるな！」

冗談ではなかった。

たった一人の武が国家戦略を掣肘《せいちゅう》することなどあってたまるものか。

このままイェルムガンドが強硬姿勢に転じれば、自分に対するアースガルドの評価が下がってしまう。

それは最終的なアルベルトの野望に、深刻な問題を引き起こす。

これがウスターシュやセルヴィス相手であれば、アルベルトも自重しただろう。

しかし相手はクラッツであった。

ガウラという辺境で、狩りと農耕をして暮らしていた蛮族《ばんぞく》にも等しい平民だ。

そんな塵芥《ちりあくた》のような取るに足らぬ男に、自分の野望が閉ざされようとしていることが、どうしてもアルベルトには我慢ならなかった。

いったい何のためにこれまで準備してきた？

どれほどの忍耐を重ねて第一王女を口説《くど》き落とし、この王国を手に入れるための布石を打ってきた？

あと少しというところで、どこの馬の骨とも知れぬ一介の平民に覆されてしまうのか？

そんな馬鹿な話があってたまるものか！

「陛下は私よりその者をお信じになりますか？　貴族と呼ぶのもおこがましき辺境の平民に国防の根幹を委《ゆだ》ねて万が一のことがあれば、どうして先祖に顔向けができましょう？」

平時であれば、アルベルトの発言はそれほど的外《まとはず》れとは言えなかった。

実際に一部の貴族たちは、アルベルトの言葉に我が意を得たりとばかりに頷いている。

しかし今は戦時である。

何よりそれは、クリストフェルの決断をないがしろにするものであった。

「それでは問うが、せっかく手に入れた何不自由ない貴族の生活を味わうことなく、亡国の危機にあったラップランドを救い、さらにその姫と援軍を率いて駆けつけてくれた者の何を疑えと言うのだ？　もしガウラ卿がアースガルドに味方しておればとうの昔にラップランドは滅び、イェルムガンド王国は蹂躙されていたであろう」

危険だ――ウスターシュはクリストフェルがいらだっていることを悟った。

しかしアルベルトは止まらない。

クラッツという異分子の存在を、感情がどうしても受け入れられないのだ。

「陛下は我ら重臣と、そこの平民のどちらをお信じになられるのか!?」

この瞬間にウスターシュはようやくアルベルトの本質を理解した。

教養は深く、内政にも外交にも通じ、いずれは将来の宰相として自分の跡を継ぐのではないか、と期待していた。

外見も美しく涼《すず》やかで、第一王女を娶《めと》るまでは宮廷の娘たちに黄色い悲鳴を上げさせる貴公子として数々の浮名も流していたものだ。

王国でも屈指の所領を有しその動員兵力は辺境警備の要。軍事においても王国の文柱たらんという青年は、いつしか王国でも最大の派閥の長にまで成長した。

しかしその実態は、欲しいものを我慢することのできない子供に、狡猾《こうかつ》な知恵が貼りついた見せかけにすぎなかった。

国家よりも個人の欲望を優先する信用のできない人間とは、クラッツではなく目の前のこの男であった。

なんと己の人を見る目のないことか――。

クリストフェルの目の色が変わった。彼もまた、今こそアルベルトの危険な本質を理解したのだ。

そして、アルベルトを暴走させ本性を暴いたのも、結果的にはクラッツの策略だったことに、クリストフェルは改めて感嘆の念を禁じ得ない。

勝利を信じきった状態から、その実罠に落ちていたという精神的な衝撃がなければ、アルベルトもここまでやすやすと馬脚を現すことはなかっただろう。

「……では再びアルベルトよ、臣下たる汝《なんじ》に問う。汝は国王の意思と己の意思のどちらに重きを置くのだ?」

国王という存在は一面では貴族たちの利害の調整機関であり、国家を構成する様々な階級を維持運営するためにその要求を聞き、政策に反映させる義務を負っている。

だがその本質は国家の代表としての最終意思決定機関であり、その意思は何にもまして尊重されなければならない。

議論の時を経てひとたび国王の決断がなされたならば、臣下はその決定に否を言うことは許されないのだ。

それが封建主義の国王制における臣下の在り方であった。

返答によってはこの場で斬り捨てることも厭《いと》わない、というクリストフェルの表情は、アルベルトの狂騒を冷ますには十分すぎた。

振り返ってみれば、あれほどすり寄ってきていた貴族の大半が自分を冷ややかに見つめており、擁護《ようご》しようという者は誰ひとり存在しない。

「それはもちろん……陛下の御意のままに」

自分が致命的なミスを犯したことをアルベルトは悟った。

長年築き上げてきた信頼と権威は、霧消して二度ともとには戻らない。

王配となる可能性が高いとはいえ、一国の王女を偽者と罵倒し、自分とクラッツのどちらを取るのか、とクリストフェルを脅《おど》したのだ。

今になって、自分のしでかしたことの恐ろしさに身震いがする。

あと一歩だった。

本当にあと一歩のところに、待ち望んだ玉座が見えていた。

だからこそアルベルトは幻想の階段を登りつめようとしたのである。

国王がアースガルドとの対決姿勢を露わにした以上、武にも秀でたルナリア王女が後継者として選ばれるのは避けようもない。良くも悪くもフェルベルーは飾りにしかならない従順な女なのだから。

――こんなはずではなかった。

クラッツさえ現れなければ、ルナリアはアースガルド皇帝に妃《きさき》という名の人質に取られ、フェルベルーが即位したのち、禅譲《ぜんじょう》という形でアルベルトが玉座に座るつもりであった。

夢や幻ではなく確かに実現するヴィジョンが見えていた。

この屈辱《くつじょく》、晴らさでおくべきか！

俺が受けた仕打ちは誓って倍にして返してやるぞ。

悄然と打ちひしがれながらも、アルベルトは暗い目で復讐を誓うのだった。

「たった一人で、あの鉄壁の異名をとるカーベナルド卿を討ち取る。史上類のない武功である。ラップランドのジークフリート陛下はガウラ卿に名誉伯爵の地位を与えたというが、余もまた彼に伯爵の地位と、それに相応しい領地を与えるであろう」

伯爵となればルナリアの王配となるのもギリギリ許容範囲である。

クリストフェルの脳裏では、すでに次期政権の青写真が出来上がりつつあった。

「そうだな。アドロワールの王室直轄領を……」

「お待ちください！」

どこまでも暴走していくクリストフェルを諌《いさ》めたのは、宰相のウスターシュだった。

肥沃《ひよく》な平野を擁するアドロワールは、歴史上男子の王太子が即位前に受け継いできた。

つまりクリストフェルは、クラッツをルナリアの次期王配として公表しようというのだ。

確かにクラッツの武力は比類なく、王国にとって代え難いものである。

しかしルナリアの夫として王国の未来を託すには、いくらなんでも未知数の部分が多すぎた。

「なんだ、ウスターシュ。お前は反対なのか？」

せっかく盛り上がった気分を害され、クリストフェルは口をへの字に曲げて腕を組んだ。

その程度の反応で済んでいるのは、クリストフェルがウスターシュを信頼しているからだ。

「ガウラ卿の武功はまこと見事なれど、いまだ武以外の真価を見せたわけではございません。アドロワールを預けるには、武だけでなく政においても成果を見せてもらわなくては」

武力が強いだけの男に王国を任せるわけにはいかないのだ。

そう言われてみると、クリストフェルも正面から反論は難しかった。

なんといってもクラッツは出自が悪く、権力基盤が弱すぎる。

だからこそ、できればここでなし崩し的にルナリアとの仲を認めさせたかったのだが。

「バシュタールをお与えになればよろしいでしょう」

「なんだとっ？」

ウスターシュの口から出たバシュタールという地名に、クリストフェルは目を剥いた。

「あそこは褒美というより罰にしかならんだろう」

「なればこそ、バシュタールを立て直したとなれば、もはや誰もガウラ卿を認めぬわけにはいきますまい」

元平民が王配となるならば、それくらいのことをしてもらわなければならぬ。

ウスターシュはそう言っているのだった。

『おい、クラッツ。受けておけ』

（いいのか？）

『どんな土地だろうと、この魔導の王にとっては楽園も同然よ』

こういう場面において、クラッツはベルンストを完全に信用していた。というより、クラッツの頭では全く判断がつかなかった。

「――宰相様の言、しごくもっともなことと思料いたします。喜んでバシュタールに臨《のぞ》みましょうとも」

「ふむ、卿がそう言うなら構うまい」

頷くクリストフェル。

正直ウスターシュにしてやられてしまった感があるが、そのあたりが落とし所かもしれぬ。

「だがバシュタールは並み大抵のところではないぞ？　卿は知らないであろうが」

バシュタールはイェルムガンドの北西、クラッツの故郷ガウラの村から北へ五百キロ近く離れた場所にある。

百年ほど前まではバシュタール辺境伯が治めており、鉱山や工業が発達して辺境らしからぬ繁栄《はんえい》を謳歌《おうか》していた。

領地面積は王国一で、バシュタール辺境伯は王国西部の取りまとめ役として非常に大きな影響力を持っていた。

ところが、である。

鉱山の開発と農地の開拓は、否応なく領域を接する妖魔を刺激することとなった。

そして七十年前に発生したのが、バシュタール大侵攻と呼ばれる妖魔の一斉攻撃である。

それを指揮するのは彼の地を統治する妖魔の貴族トリアステラ。

あまりに隔絶した戦力差に辺境伯の軍は瞬く間に潰滅し、バシュタール領の半分以上を妖魔によって占領されてしまった。

以来、再び妖魔の侵攻を招かぬよう半ば見捨てられた形で、バシュタール領民は狭くなった土地で肩を寄せ合って暮らしていた。

いつ襲われるか知れぬ恐怖に怯える日々。

肥沃な土地や鉱山は奪われ、残されたのは痩せた土地や岩盤が広がる不毛の大地ばかり。

こんな場所を誰も欲しがるはずもなく、やむを得ず王室が直轄地として最低限の管理をしていたのだった。

(貴族というと、アドリアーノとかいう以前戦ったあれか?)

『同じ貴族でもあれは末端らしいからなんとも言えぬが、この魔導の王に敵などおらん!』

クラッツはベルンストに指示されたとおりの言葉を口にする。

「それでは、万難を排して陛下に吉報をお届けいたしましょう」

「その言やよし! バシュタール復興の暁《あかつき》には侯爵への陞爵《しょうしゃく》を約束しよう!」

「ありがたき幸せ」

信じられないものを見るような目で、居並ぶイェルムガンド王国の重鎮たちはクラッツを見つめた。

これではせっかく前人未到の功績を挙げたにもかかわらず、流刑《るけい》にされたも同然。

それを悠々と受け入れるクラッツが、得体の知れない怪物のように思われたのである。

アルベルトもまた、ざまあみろと嗤いながらも、この男ならばもしかしたら、という思いを禁じ得ない。

ありえぬという意味では、クラッツが一人でアースガルドの第四軍を撃退したのも同じぐらいありえぬ話なのだ。

同時にもうひとつわかったことがある。

クラッツにバシュタール領を任せるということは、クリストフェルはアースガルドとの対決姿勢は取るが、積極的に攻め込むつもりはない。

クラッツの存在は抑止力にはなるかもしれない。しかし現実として、アースガルドの軍事力はイェルムガンドを凌駕している。

となれば、まだ自分にもチャンスが残されているはずであった。

(このままでは終わらん！　いつか貴様の首を辻に掲げてやるからな！)


「――ところで、陛下にお願いがあるのだがよろしいだろうか？」

「おお、フリッガ殿下の頼みならなんなりと」

「我が国がクラッツ殿に受けた恩義は山よりも高く海よりも深い。せめてその一端なりと返せるまで彼に同行したいが、許していただけるだろうか？」

バチン！　とルナリアとフリッガの間で火花が散った気がした。

「断る理由はないが……ガウラ卿はそれでよいのか？」

「家臣らしい家臣もおらぬ若輩《じゃくはい》ですから……殿下の申し出はありがたく思います」

（どういうことじゃ！　あとでゆっくりと話があるからそう思え！）

ルナリアが瞳でそう訴えかけているのを、クラッツは見事にスルーした。

逆にフリッガは勝ち誇ったようにクラッツの手を握り、その耳元に唇を寄せた。

「これでお傍にいられますね、ご主人様」

これはどう見ても、好意を露骨にアピールしている。

（もしかすると余は見誤っていたかもしれん）

引きつった笑顔で、クリストフェルは額に汗を浮かべる。

クラッツはイェルムガンドの廷臣ではあるが、ラップランドが王妹の婿として引き抜きをかける可能性も低くはなかった。

しかもクラッツとフリッガはともに戦場をくぐりぬけた戦友同士である。

（いかん、いかん、いかん！）

親しい戦友が、都会の喧騒から離れた田舎で寝食を共にすれば、愛情が芽生えるのが自然の流れであろう。

さすがに子供ができればフリッガとの婚姻を拒むことは難しい。

どうやらクリストフェルの悪い妄想癖が出たことをウスターシュは察したが、口を挟める雰囲気ではなかった。

「お父様！　私も行きます！」

「ちょ、お待ちください！　バシュタールは殿下が訪れてよい場所ではございません！」

ウスターシュの嫌な予感の通りに、行動力だけはあり余っているルナリアが暴走した。

しかし妖魔が跋扈する魔境に、事実上の王位継承者となったルナリアを行かせられるはずがない。

「陛下もなんとか言ってください！」

「いや、よく言ったルナリア！」

「はあっ？」

この親父はいったい何を言い出すのか。

「フリッガ殿下に学ぶことも多かろう。それにラップランドの王女だけに働かせては我が国の名折れよ！」

「それでうまいこと言ったつもりですか、陛下！」

「もう決めた！　ここは引いてはならんところなのだウスターシュ！」

「ギャンブルにはまった人間はいつもそう言うのですよ！」

頭の髪の毛が抜けるほどに必死なウスターシュの説得もむなしく、こうしてフリッガとルナリアのバシュタール入りは決定したのである。

◆　◆　◆

「ちょっと待て！　なんであなたがついてくる？」

当然のような顔で、クラッツについてルナリアの私室へ押し入ったフリッガは悪びれずに答えた。

「クラッツ殿あるところ、どこまでもお供するぞ？　我らは互いの命を預け合った戦友であるゆえに」

「——ずいぶんと仲良くなったようだな、ええ？　クラッツ」

「まあ、成り行きというか、やむにやまれぬ事情というものがありまして」

「その台詞《せりふ》、コーネリア殿にも黙って聞いてもらえるとよいがなあ？」

「どど、どうしてそこで義姉《ねえ》さんがっ！」

「クラッツがいない間にコーネリアとはとても親しくなったのじゃ。だから今日も帰りを祝おうと、前もって呼んでおいたわ」

クラッツの背筋を冷たいものがゾクリと駆け抜けた。

遺伝子レベルにまで刻み込まれた恐怖に対する悪寒である。

「昔から、一人だとすぐに調子に乗る子だったわね」

「ね、義姉さん！」

「だあああらっしゃあああああああ！」

「ほげえええっ！」

鋼をも弾き返すクラッツの肉体だが、脳裏に刻まれたイメージからは逃れられなかった。

コーネリアの飛び膝蹴りが急所を穿《うが》った瞬間、クラッツはひとたまりもなく絶叫し、涙目で悶絶《もんぜつ》した。

『ぬおおおおっ！　こ、この睾丸《こうがん》が上がる感覚がああああっ！』

密かにベルンストのほうが深刻なダメージを受けていたことは内緒である。

「よりにもよって二カ国の王女に手を出すとか。殿下たちはドロテア姉さんやメルガ姉さんではないのよ？」

「誰だ？　そのドロテアとメルガというのは」

「ね、義姉さん、それだけは！」

「クラッツがおかずにしてた、お色気たっぷりのご近所さんよ」

「ごはあああああああああっ！」

不可視の衝撃に、クラッツは喉を掻きむしるようにして倒れ伏した。

『や、やめよ！　また我を暴れさせたいのかあああ！』

（気持ちはわからなくもないが、とりあえずそれだけは待ってくれ！）

クラッツを救ったのは意外にもルナリアであった。

「……と、いじめるのはここまでにしておくか。もとはと言えば、妾のために命を懸けてくれたのだからな。あとは姉弟で話し合うがよい」

そしてクラッツの性癖について興味津々なフリッガを促し、ルナリアは私室を後にした。

「ついてくるがよい。フリッガ殿。今後について話す必要があるのでな」

「……事情の説明はあるのだろうな?」

「うむ、貴殿がクラッツを思うのなら協力してほしい」

「そういうことであれば是非もない」

あれよあれよという間に、クラッツとコーネリアはポツンと二人で取り残されたのである。

「……いったいなんなんだろう?」

そう呟いたクラッツとコーネリアの視線が合った瞬間、コーネリアは沸騰したように首筋まで赤く染め、ものすごい勢いで目を逸らした。

「義姉さん?」

「ここ、こっちを見ないで!　私に五分時間をちょうだい!」

「五分は長いよ……」

「だったら四十秒でも構わないわ!」

某空中海賊のような台詞を吐きつつ、コーネリアは背筋を反らして深呼吸を繰り返す。

こんな不審なコーネリアを見るのはクラッツも初めてだった。

『不審もなにもないと思うがな……』

（わかるのか？）

『せめてもの情けだ。これから我とお前の接続を切る。だから我は何も見えないし聞こえない……うまくやれよ？』

（どどど、どういうことなんだよ！）

クラッツの問いにベルンストは答えない。どうやら早くも意識に障壁を張って閉じこもったらしかった。

意を決したかのように、コーネリアは身体ごとぐい、とクラッツに向き直ると、挑むような視線を向けた。

「私は聞いてないわよ？　たった一人でラップランドに向かうとか」

「――ごめん、心配かけたくなかったから」

国王陛下の命令で外国に使者として行って来る、としかクラッツは伝えていなかった。

「ルナリア様に聞いたときは心臓が止まるかと思ったんだから！」

険しかったコーネリアの顔がくしゃりと歪んだかと思うと、泉のように涙が溢れた。

「一人になった私を心配したルナリア様が、王都に呼んでくれたの。そこで初めてクラッツがラップランドを救いにいったって聞いた。自分のせいだってルナリア様は謝ってくださったけれど……」

どれだけクラッツが規格外の人間だと知っていても、無謀だとしか思えなかった。

コーネリアの認識としては、レッドアイベアを容易く屠るクラッツの武量はおよそ一千の軍と同じくらいであり、安心はできない。

なのでルナリアに王都に招かれてからの毎日を、ほぼクラッツの無事を祈ることに費やしてきた。

「心配かけてごめん。でもこの通り怪我ひとつしてないから！」

実は割と命が危ない瞬間もあった、とはとても言える状況ではなかった。

たらり、と背中に汗をかきつつ、クラッツは胸を張って無事をアピールする。

それでも本能的に真実を察したのだろうか。

体当たりをするかのように、コーネリアがクラッツの胸へと飛び込んだ。

「……馬鹿っ！」

肩を震わせて嗚咽《おえつ》するコーネリアの背中に手をまわして、クラッツは義姉の細い身体を抱きしめる。

その肢体は折れそうに感じられたが、同時に手が吸いつくような柔らかさもあった。

まだ震えているコーネリアの髪の毛から、香水らしい柑橘《かんきつ》系の香りが立ち上るのに気づいたクラッツは、ざわつく心を落ち着かせるのに苦労した。

その姿勢のまま、拷問《ごうもん》のような時間が五分近く経過しただろうか。

「ルナリア様に呼ばれて、話し合ったことがあるんだ」

「なに？」

　クラッツに抱きついたまま、コーネリアは視線を合わさぬよう瞳を閉じて続ける。

「国王様はルナリア様の夫にクラッツを考えてる。ルナリア様も結婚するならクラッツがいいって」

「えええええええっ！」

　ベルンストはとうに承知していたことだが、クラッツにとっては青天の霹靂《へきれき》であった。かろうじて、ルナリアが好意的だなあとうすうす感づいてきた程度である。

「いくらクラッツでも陛下の命令には逆らえないでしょ？　それに貴族なら、妻が複数いるのは当然だし」

　たまたまコーネリアとクラッツの両親は一夫一妻だが、裕福な家庭は平民であっても一夫多妻が多い。

　この状況は公衆衛生や医学が未熟な社会でよく見られる。

　幼児期の死亡率が高いほど、肉体が頑強か、裕福な男性に女性は集中するのだ。

「ガウラの村で暮らしていたときは、クラッツと私でいつまでも二人で暮らしていけると思ってた。不思議だけど、私がお嫁にいくなんて考えもしなかった」

　そこまで言っても、クラッツはまだコーネリアの気持ちを量りかねていた。

困ったように苦笑して、コーネリアはこれまでずっと胸に秘めてきた気持ちをぶつける決意を固めた。

この朴念仁《ぼくねんじん》はそのくらいしないとわかってくれない。

「――大好きよクラッツ。義姉としてじゃなく、一人の女としてあなたを愛してるわ」

「コーネリア義姉さん！」

どちらからともなく二人の顔が近づき、互いの唇が絡み合う。

ようやく気持ちが通じ合った昂揚のままに、二人は唇の感触を味わい、舌をからめ、唾液《だえき》を交換し合った。

夢のような、酩酊《めいてい》しているような忘我の境地で、しばし二人は口づけを堪能した。

「夢みたいだ。義姉さんと思いが通じるなんて……」

思春期を迎えてから、ずっと想い続けてきた。

義理の姉弟という関係に甘んじながら、いつか恋人同士として結ばれる日を夢見てきた。

もっとも、甘い記憶だけではないけれど……。

「――でもクラッツ？　あなた気が多すぎじゃないかしら？」

ゾッとするような冷たい声であった。

晴れて恋人同士となっても、二人の精神的な上下関係は変えるべくもない。

すっかりかしこまってクラッツは義姉の言葉を聞いた。

「さすがにフリッガ様までは予想外だったけれど、これからは私とルナリア様があなたの女性関係を管理するからそのつもりで」

「サー、イエス、サー！」

「だから、その……」

実はかなりテンパっているコーネリアは、再び全身を真っ赤に染めてわたわたと腕を振った。覚悟を決める。

こうしてクラッツとの時間を与えてくれたルナリアのためにも、勇気を振り絞ってコーネリアは告げる。

「正妻の座はルナリア様に譲るから、クラッツの初めては私がもらうの！」

消え入りそうな声で言い、上目遣いに照れるコーネリア。それを見たクラッツは、理性が引きちぎられる音を聞いた。

「………して？」

愛しい女性の可愛らしいおねだり。

クラッツは欲情の赴《おもむ》くままに、義姉の華奢な身体を押し倒した。

「やんっ！」

「こんなん辛抱できるかああああああ！」

猛然とクラッツはコーネリアの唇にむしゃぶりついた。

体力的にはクラッツの相手にならず、朝まで泣かされることになるコーネリアだが、男女の駆け引きに関しては圧勝であった。

「——本当に獣《けだもの》ね。猿？　猿なの？　髪で感じるとかマニアックすぎないかしら？」

「待って！　それ以上は言わないで！　またベルンストが暴れちゃうからああああっ！」

◆　◆　◆

初々しい恋人らしく、まだ照れを残しながら、二人はこびりついた性の残滓《ざんし》を風呂で洗い流した。

そこでもう一戦交わしてしまったのは、若い男女の埒《らち》もないところであろう。

身支度を整えて朝食に姿を現したのは、もう九時を過ぎようとするころであった。

「昨夜はお楽しみでしたね」

うっとりとクラッツの腕にすがりついたコーネリアに、ルナリアが卑猥《ひわい》な笑みを浮かべて言う。

しかしフリッガの反応はその場にいた全ての人間の予想を上回った。

「ご主人様、私も伽《とぎ》に呼ばれる日をお待ちしております」

「……ご主人様ですって？」

まだ房事の余韻《よいん》に浸っていたコーネリアが、聞き捨てならぬと顔を顰《しか》めてクラッツの脇腹をつねった。

「心配するな。クラッツの貞操を奪った過去はない。といっても、フリッガのほうはかなり手遅れではあるがな」

クラッツとコーネリアが愛を交わし合っているころ、ルナリアとフリッガはそれぞれの立場で今後について話し合っていた。

幸いなことに、フリッガはクラッツと結婚してラップランドに拘束しようとは考えてはいなかった。

ただ純粋に、自分を超える武量を持った初めての男性――しかも命の恩人であるクラッツについていきたい一心であるらしい。

たまに色ボケするのはどうかと思うが、白髪の戦乙女《スノーホワイト・ワルキューレ》たるフリッガは、個人で軍に匹敵するクラッツという存在を神格化している気配すらある。

ベルンストの調教は、そうした無意識の欲求を表面に出したにすぎないのだった。

「早くご主人様の子が欲しいです！」

「あなたも王女なら、もう少し隠しなさいよ！」

「正妻と本命を相手にするのだから、私もなりふり構っていられないのよ！」

フリッガはフリッガでいろいろな葛藤《かっとう》があった。

イェルムガンドに来てみれば、国王はクラッツとルナリアを結びつける気満々だし、生まれたときから傍にいる血の繋がらない義姉までいるときた。

危機感を覚えるのは当然であろう。

「そんなわけで、クラッツをイェルムガンドから奪おうとしないことを条件に、妾はフリッガの身柄を預かることに決めた。悪いが仲良くしてやってくれ」

「末永くよろしくお願いいたします。お義姉様」

「こちらこそよろしく、でも、お義姉様はやめてくれるかしら」

「今回の功績でクラッツは伯爵位を賜り、現在のところ相続人はコーネリアのみ。今後コーネリアにも求婚が殺到するぞ？　それを断るためにも、我らは一心同体一蓮托生《いちれんたくしょう》と思って協力する必要がある」

そして何よりクラッツをポッと出の女に奪われないために。

一国の王女が二人と、唯一の肉親たる義姉がガードするのだ。

クラッツを籠絡《ろうらく》しようとする女性も並み大抵の努力では、突破できないだろう。

「無論、ご主人様のためなら否やはない」

「クラッツ以外の男に嫁ぐなんて、考えただけでも寒気がするわ」

かくして女たちは熱く手を握り合ったのだった。

（……このおいてきぼり感はなんだろう？）

『童貞をなくせばもう少し変わるかと思っていたが、男なら自分の女の手綱は引いておけよ』

意識の奥から出てきたベルンストがたしなめるように言った。

世界を支配する魔導の王ベルンストに言わせれば、どの女を寵愛《ちょうあい》しようととやかく言われる筋合いはない。

しかしルナリアとフリッガは今後に必要な人材であるし、コーネリアは精神的に敵に回したくない。

時間をかけてクラッツに自覚を促していくほかなかった。

（どど、童貞ちゃうわ！）

『とりあえず出すものも出してすっきりしただろう？　王たる者は閨《ねや》でも敗北することは許されんぞ？』

早めに房中術も身につけてもらわんとな。最強とはすなわち、ことごとくに勝つということなのだから。

それは愛する女性が相手であっても例外はないのであった。

◆　◆　◆

「ええいっ！　忌々《いまいま》しい！　どこの馬の骨とも知れぬ平民上がりが！」

アルベルトは憤懣《ふんまん》やるかたなく、手にしていたグラスを床に向かって叩きつけた。大陸渡りの高価な硝子《がらす》細工《ざいく》が硬質な音を響かせて細かい光の欠片《かけら》となって砕け散る。

荒い息とともにどっかりとソファに腰を下ろすと、深々とため息をついた。

——全く、自分でも考えられぬ失態だ。

怒りと驚きのあまり、どうかしていたとしか思えない。

常のアルベルトであればフリッガ王女が本人だったからといって、あそこまで取り乱すはずがなかった。

やはり勝利を確信した矢先の心の隙を衝かれたということであろうか。

いずれにしろ、アルベルトの地位は今や地に堕ちていた。

何より国王の不興を買ったことが大きい。

これまで媚《こ》びへつらってきた派閥の貴族たちも、一様にアルベルトへの協力を拒んでいた。

比較的アルベルトに近かった宰相がアルベルトに向けた失望の視線が、今さらながらに屈辱をかきたてた。

「くそっ！　このままではアースガルドにも見捨てられるぞ！」

アルベルトはかなり早い段階で、イェルムガンドがアースガルドに征服されるであろうと予想していた。

だからこそアースガルドの侵攻に貢献して恩を売り、イェルムガンドの支配権を、アースガルドに認められる形で手に入れるつもりだった。

そのためには、アルベルトがイェルムガンドの実質的な王であること、アースガルドにとってアルベルトが敵対するよりも取り込んだほうがメリットがある、と思わせる実力が絶対に必要であった。

このままではアルベルトはアースガルドに寝返った一貴族にすぎず、わざわざ厚遇するメリットがない。

それではなんのために国を裏切るのかわからなかった。

王国でも屈指の名門に生まれ、将来は宰相と囁かれ、第一王女を妻に迎えた重鎮である。

それが有象無象《うぞうむぞう》の一地方貴族として扱われるなど、アルベルトの矜持が許さなかった。

そんなことになるくらいなら大人しく宰相を目指して、有力貴族の一員として国政に関わっていたほうがまだましだ。

「……和解…………いや！　ありえぬ‼」

すぎてしまったことは水に流し、再びイェルムガンド宮廷で捲土重来《けんどちょうらい》を期すという選択肢もあるにはある。

しかしその場合、あの平民出のクラッツの後塵《こうじん》を拝することは目に見えていた。

それがアルベルトには我慢できない。

そもそも九分九厘まで手中に収めていたイェルムガンドの支配権をアルベルトの手から奪い去ったのは、ただ一人クラッツにほかならないのである。

そんな屈辱に耐えられようはずがなかった。

――ならばどうする？

つい先日まで、もしアースガルドが侵攻してくればアルベルトにつき従って反旗を翻《ひるがえ》す予定の貴族は、全体のおよそ二割程度だった。

しかし今ではおそらく、親族や国境を接する弱小貴族が幾家か味方してくれる程度であろう。いかにストラスブール侯爵家が名門といえど、純軍事的な戦力ではそれほど特筆すべきものがないのだ。

その程度ではアースガルドから一顧だにされないに違いなかった。

では先手を打ってこちらから反旗を翻すか？　いや、下手をすればこちらが自滅して売国奴の汚名を着るだけではないか。

アルベルトの脳裏を、人の領域を超えた化け物としか思えぬロズベルグの面影がよぎっていった。ロズベルグを破るには、戦力が圧倒的に足りない。

「……くそっ。あの魔導士さえいなければ……」

あのクラッツ・ハンス・アルマディアノス・フォン・ガウラさえいなければ。

とうにルナリア王女は命を失っていたであろうし、ラップランドは滅ぼされ、その滅亡は国内の貴族をおおいに萎縮《いしゅく》させたであろう。

たった一人の男が、精強をもってなるアースガルド軍を丸ごと壊滅させるなど、誰が予想しただろうか。

ふとそのときアルベルトの脳裡を閃光のような何かが横切っていった。

そうだ！　全ての鍵はあの男なのだ！


全世界に普及した魔聖アルトリウスの系統とは全く異なる魔術式を扱い、小山ほどはあろうかという巨大な岩塊を、片手で軽々と投げつける膂力《りょりょく》を持つ。

その攻撃で潰死《かいし》させられたアースガルド兵は数百ではきかないという。

生き残った者も戦場に立つたびに、努力も戦友の助けも通用しない絶対的な力に対する恐怖を思い出すに違いなかった。

戦場では、恐怖に打ち勝つことのできない兵士は役に立たない。

そんな危険な男をアースガルドが放置しておくはずがなかった。必ずや暗殺するか、逆に味方に取り込むか、なんらかの工作がなされるはずである。

ルナリア王女の立場が関係している以上、クラッツがアースガルドに寝返る可能性は極めて低い。

ならばイェルムガンド王国を攻略するうえで、クラッツという男をどう抑えるかが最重要事項であることを、やがてアースガルドは理解するだろう。

そこでクラッツを殺せば自分の立場を強化することができる。

しかしそれは、クラッツの政治的価値がもっと上がってからにすべきだ。


「誰かある！」

「お呼びでございますか？」

優雅な所作で進み出た年来の執事に、アルベルトは興奮を隠そうともせず命じた。

「あの男に関する情報を集めよ！　出身、家族、好み、女、弱み、全てを調べ上げるのだ！金はいくらかかっても構わん！」

並大抵の弱みでは、この期に及んで奴を失脚させることはできまいが……所詮は後ろ盾のない成り上がり者である。

足を引っ張ってやるくらいは造作もないし、うまくすれば屈服させ、手駒にすることも可能かもしれなかった。

いずれにせよアルベルトは、ようやくクラッツを単なる平民ではなく、政治的ライバルとして認識したのであった。

◆　◆　◆

「ふう、お茶がうまい」

王都の街角にある喫茶店《きっさてん》の貴賓室《きひんしつ》。

どこまでも呑気《のんき》なクラッツをよそに、ルナリアとフリッガがバシュタールへの引っ越しの準備に追われていた。

「……家臣が足《た》らん、全っ然足らん！」

「現地の人間は引き抜けんのか？」

「好《す》き好《この》んでバシュタールなぞに残る物好きがいるものか！　これ幸いと逃げ出すに決まっておるわ！」

「伯爵家の直臣《じきしん》になるチャンスなのに……」

実際のところ、クラッツとコーネリアにさしたる荷物はない。

いろいろと準備が必要なのは、一国の王女であるルナリアとフリッガ——とりわけ戦場での不自由に慣れていないルナリアであった。

「こらっ！　お主が当事者なのに、何を悠長に茶など飲んでおるか！」

「ついこの間までただの平民だった男に無茶いうない」

「無茶というならバシュタールの開発のほうがよほど無茶じゃ！」

ルナリアの言葉に食いつくようにして、クラッツが獰猛《どうもう》に嗤う。

「ところがそっちは俺にとって無茶じゃない」

たかが妖魔の一領域である。そこを治める妖魔の貴族とやらも、鎧袖一触に屠ってくれる。

むしろ歯ごたえのある敵であってくれたほうがよほどいい。

こと戦闘面に関しては、悪名高いバシュタールだろうと、クラッツは何ら危機感を抱いていなかった。

「だからまずは戦って結果を出す。人を集めるなら、それからじゃないのかな」

普通であれば、最初に家臣と傭兵を集め、軍を組織して兵站《へいたん》から作戦まで面倒を見なくてはならないところだ。

そもそも資金がなければ、軍を維持することすら難しい。

クラッツはバシュタールの受領にあたり、国王から支度金を下賜《かし》されているが、決して潤沢なわけではなかった。

「……お主が一人軍団《ワンマンアーミー》であることを忘れておったわ」

たった一人でアースガルド帝国軍四万余に勝る。

なるほどそんなクラッツであれば、バシュタールに巣食う妖魔も軽々と粉砕するのかもしれなかった。

「……しかし油断は禁物じゃぞ？　七十年前のバシュタール大侵攻では、ロズベルグが教えを乞《こ》うた師匠でも苦戦したと聞く」

ほう、とクラッツは破顔《はがん》した。

あのロズベルグと同等の力をトリアステラとかいう妖魔が持っているなら、クラッツも片手間というわけにはいかないだろう。

「全く、そんなうれしそうな顔をしおって！　この脳筋めが！」


「……あのう……」

恐々とした、か細い声が聞こえたのはそのときであった。

「今、家臣を募集していると伺ったのですが……」

いかにも加虐心《かぎゃくしん》をそそる小動物的なロリフェイス。

小さな頭にピンクブロンドのツインテールが揺れている。

バシュタールに向かう家臣団としては、あまりに場違いな少女の姿がそこにあった。

「もしかして間違えましたか？　すみません！　すみません！　生まれてすみません！　どうかこの愚かな私にお慈悲《じひ》を！」

「いやいや間違えてないから！　とりあえず土下座はやめて！」

自分たちが悪辣《あくらつ》ないじめっ子に思えて、クラッツたちは慌てて床に額を擦《こす》りつける少女を助け起こした。

「間違ってませんでした？　あうう、すみません、すみません。勝手に勘違いしてすみませ
ん！」

「君は悪くないよ？　だからもう自分を責めるのはやめようね！」

何が彼女をこうまで内罰的にさせるのだろう。

ようやく落ち着いた少女は、こくりと差し出されたお茶を飲むと、美味《おい》しそうに顔を緩めて話し出した。

「私はクロデット・ドニエと申します。王国徴税官――でした」

「でした？」

「実は上司の不正を見つけてしまいまして、それを上司に報告したらいつの間にか私のミスということになって、昨日放り出されてしまいました」

うるうるとクロデットの瞳に涙が溜まっていく。

「許せないわ。その上司も、不正をした上司とグルだったのね！」

腰に手を当てて憤慨《ふんがい》するコーネリアに、クロデットはふるふると頭を振った。

「いえ、同じ人物ですけど……？」

「不正の報告を、不正をした本人にする奴があるかあああああああ！」

「ぴぃっ！」

横から渾身の突っ込みを入れるルナリアの顔を見るや、クロデットはボロボロと泣き崩れて

クラッツの腕にすがりついた。

ルナリアの怒りは正当なものだが、絵面《えづら》的に幼児を虐待《ぎゃくたい》する大人にしか見えないのはなぜだろう？

「よしよし、もう怖くないよ。それより、その不正の話、詳しくしてくれるかな？」

頭を撫でられたクロデットはくすぐったそうにえへへ、と笑う。

子供か、お前は。

「私は貴族領から入る人頭税を確認していたのですが……予定されていた納税額と納入された納税額が、かなり違うことを発見したのです」

「どうして今まではわからなかったのかな？」

「軍事や土木の負担すると税率が優遇されますから……それで税率が低く設定されていたのです。しかし軍事や土木を負担した事実はどこにも見つけられませんでした」

「なるほど、つまり違法な税率の操作が行われたわけだな」

「はい、それを最終的に認めたのが、私の上司のセルジュ・ドバリー執行官でした」

ルナリアがはっとする。

「徴税局のナンバー3ではないか！」

「もしかしてクロデットって結構地位が高かった？」

コーネリアが優しく尋ねた。

「私は徴税局監査部の二級執行官――でした」

それがただの無職になってしまった事実を思い出して、再びクロデットの涙腺が緩み始めた。

――ドン！

「ぴいっ！」

おもむろにクラッツがテーブルを叩くと、クロデットは悲鳴を上げてクラッツの腕にしがみつく。

――ドン！

「ぴぃっ！」

――ドン！　ドン！

「ぴぃっ！　ぴぃっ！」

「いい加減にしなさいっ！」

遊んでいたクラッツのこめかみにコーネリアが見惚《みと》れるような水平チョップを極《き》めた。

「すまん、可愛くて止まらんかった」

「いいえ！　可愛いと言っていただけただけで……うれしいですから」

クロデットは満更でもなさそうに頬を染めて俯《うつむ》く。

当然面白くないコーネリアはギリギリとクラッツの頬をつねりあげた。

いかに筋肉に鎧《よろ》われていても、この手の攻撃は痛いものは痛い。

「二級執行官といえば上から数えたほうが早い地位だ。無能でなれるはずはないのじゃが……」

暗にクロデットをディスるルナリア。

「いつもは私、ほとんど計算しかしないんです。こういう交渉事はマリーカちゃんがやってくれてたけど、出張中で……」

「ちょっと待て、そやつはお主の同僚なのか？」

非常に慌てたルナリアの様子に気づくこともなく、クロデットはほんわりと笑みを浮かべて続けた。

「はいっ！　マリーカちゃんは私の自慢の親友で……」

「まずいぞ！　そやつはいつ戻る？」

（何かまずいのか？）

『いいから王女の話を黙って聞いておれ、脳筋！』

会話の流れが読めないクラッツに、いらだたしげにベルンストが怒鳴る。

「はあ、早ければ今日到着だったと思いますけど……」

「そのマリーカが帰ってきて、お主が濡《ぬ》れ衣《ぎぬ》を着せられて首になったと聞いたらどうする？　上司を問い詰めて真相を探るのではないか？」

「そうですねぇ……マリーカちゃんは私を信じてくれると思います」

「こう言ってはなんじゃが、お主と違ってやり手の女じゃ。セルジュ・ドバリーにとってはさぞかし邪魔じゃろうな」

「ま、まさかマリーカちゃんが危ないんですか？」

クロデットはどう見ても税の横領《おうりょう》を企むようなタイプではない。

初対面のクラッツたちがそう思うのだから、親友のマリーカならばなおのこと。

「下手をすると暗殺されるぞ！」

「そんな！」

『おい、脳筋、税金をごまかしていた貴族の名を聞け』

「ところでクロデット、セルジュと組んで税をごまかしていた貴族を覚えているか？」

「プロヴァンス伯様ですが？」

「……ほう」

ルナリアの瞳が鋭く細められた。

（……誰？）

『ストラスブール侯の義弟ではないか！　この阿呆！』

「決まったぞ。全力を挙げてその娘を救おう！」

気勢を上げるルナリアに、クロデットがすがりつく。

「ありがとうございますぅ！」

「ふふふ……ここでストラスブール侯の片腕を奪えるなら、危険を冒《おか》す価値はある」

派閥が縮小したとはいえ、アルベルトに与《くみ》する大貴族は少なくない。

特に婚姻政策で結ばれた親族の力はまだまだ健在で、プロヴァンス伯はそのなかでも有力な人物であった。

「早く行きましょう！　マリーカちゃんは気が短いのです！」

クラッツがすぐさま突っ込む。

「お前がしきるな！」

――ドン！

「ぴぃっ！」

「いかん、これ癖になりそう」

「癖になっちゃいやですぅぅ！」

「妙な趣味に目覚めたらどうなるかわかっているわね？　クラッツ」

「も、もちろんわかっております！　お義姉様！」

冷たい目で睨みつけるコーネリアに、クラッツの股間がヒュン、と縮んだ。

クロデットに案内され、一行は徴税局へと急いだのである。

◆　◆　◆

マリーカ・ルクレールは愕然としていた。

とある貴族の取り潰しに伴う徴税を終えて徴税局に帰還したと思ったら、妹のように可愛がっていたクロデットがいないのである。

しかも人頭税の納税書類の偽造に関わり、懲戒免職《ちょうかいめんしょく》になったというではないか。

怒りのあまり肩が震え、見事な赤毛が逆立たんばかりだ。

いかにも仕事のできそうな知性的な美貌が、腹の底から込み上げる怒りで般若《はんにゃ》のように歪んでいた。

――そんなはずは断じてない。

クロデットは天然を絵に描いたような少女だが、こと計数にかけては天才というほかない力を持っている。

そして正しく導き出される数字を彼女がどれほど愛しているか、マリーカは十分に承知していた。あの子に限って計算を狂わす偽造などという真似をするはずがなかった。

「納得がいきません！」

結果、マリーカは処分を下したセルジュに直談判《じかだんぱん》に及んでいる。

「納得がいこうといくまいと事実は事実だ」

「もし事実であるとすれば、懲戒免職などで済むものではありません！　利益を得ていた貴族も処分するべきではありませんか！」

「君も情のわからん女だな。そんなことを表に出せば彼女は処刑だぞ？　親しい友人を殺したいのかね？」

「情実は公儀に先んずべからず。クロデットが本当に改ざんを行っていたのであれば、処刑されるのが筋というもの。もっとも私は、そんなことはしていないと信じていますけれど」

まさかここまで頭の固い女だとは思わなかった、とセルジュは苦虫を噛み潰したような顔で舌打ちした。

マリーカがクロデットを溺愛《できあい》していたことは知っている。

彼女の命を盾にすれば余計な追及はするまいと思っていたが、まさか何の躊躇《ちゅうちょ》もなく処刑するのが筋と言いきるとは。

もっともそれは、マリーカがクロデットを信用しているゆえなのだが。

「とりあえず不正が行われたという書類を見せてください。その処理にクロデットが関わっていたかどうか調べますので」

「君にそんな権限があるとでも？」

「改ざんなどという重要案件を内々に葬《ほうむ》る権限が執行官にあるとも思えませんわ。局長に話は通したのですか？」

それを言われるとセルジュには一言もない。

これほどの重要案件を上には一切報告していないのだから、セルジュの落ち度は明らかであった。

（全く愚かな女どもめ！）

マリーカはもちろん、クロデットも徴税官としては優秀で、できれば失いたくない。特に各省庁とのパイプがある交渉役のマリーカは代えのいない存在であった。

しかしこのまま放置すれば、マリーカは間違いなく自分とプロヴァンス伯の癒着《ゆちゃく》に気づくだろう。

クロデットと違い、素直に言うことを聞くはずもない。

事を荒立てられればセルジュの破滅は確実に思えた。

「第三会議室の使用を許可する。ただしきちんと報告するように」

「感謝します」

毅然《きぜん》と胸を張って退室するマリーカを、セルジュは暗い目をして見送った。

「――世の仕組みをわからぬ己の不明を恨《うら》むのだな」

破滅が待つと知って黙っているほどセルジュは愚かではない。

後ろ暗いことをするにあたり、いざという時の方策も用意してある。

黙らせておけないならば、物理的に黙らせるしか方法がなかった。

◆　◆　◆

「何よこれっ！　完全にあいつ《セルジュ》の偽造じゃない！」

会議室の中でうずたかく積まれた資料に囲まれて、マリーカは絶叫した。

軍事や土木など、違う部署を多く介在させて、減税をうやむやに処理する。

脱税としてはむしろスタンダードな手段だった。

「クロデットが単純でよかったわ……これ、下手に騒いだら殺されてたわね」

「そう思うだろう？　君も余計なことを知るべきではなかったのだよ」

「なっ⁉」

鍵をかけていたはずなのに、いつの間にかセルジュと黒ずくめの男二人が佇んでいた。

いったいいつドアが開いたのか、そもそも本当にドアから入ってきたのか、マリーカにはわからない。

ただ黒ずくめの男たちがまっとうな人間でないことだけは、いやでも理解せずにはいられなかった。

慌てて立ち上がったときには、すでに男たちが短剣を抜いている。

――ここで私を殺す気なの？

まさか徴税局内でこんな強硬手段に訴えるとは、想定していなかった。

「叫んでも誰もいないよ？　今日は早めにみんな帰したからね。君もとっくに帰ったことになっている」

人目さえなければ徴税局はセルジュのテリトリーだ。

だからこうしてどこにでも入れるし、逃げ道も断てる。

悠長に、なんの危機感もなく調べ物に熱中していたマリーカが迂闊というほかはなかった。

「ひっ！」

マリーカもこうなっては普通の年頃の乙女である。

交渉事には自信があるが、殺し屋と格闘する自信など欠片もなかった。

普段の気の強さもどこへやら、マリーカは腰を抜かしてばたり、と後ろに倒れ込んだ。

「くっくっくっ……残念だよ。時間があればその美しい身体を味わってみたかったがね」

いやらしい顔を隠そうともせずセルジュは嗤った。

「この下種《げす》！」

「なんとでも言いたまえ。これで最後なのだからな」

「ひいいいっ！」

怯えて後ずさるマリーカに迫る男たち。

（ごめん！　クロデット！　あなただけは無事で……！）

覚悟を決めてマリーカは目を閉じた。

「マリーカちゃん！　大丈夫？」

いかにも場違いな、子供のように高い声が聞こえてきたのはそのときであった。

思わぬ人物――クロデットの登場にセルジュは慌てる。

「ど、どこから入った？」

局内が無人となったのはしっかり確認した。

衛兵にも、決して誰も通さぬよう厳命した。

こんな能天気な女が通れるはずは断じてないのである。

「正面から入ったに決まってるだろ？　衛兵には悪いことをしたがな」

クロデットの背後から雲を衝くような巨漢が現れて、セルジュと黒ずくめの男たちに緊張が走る。

巨漢が素人でないのはその雰囲気が雄弁に物語っていた。

「き、貴様、自分が何をしたかわかっているのか？　不法侵入に暴行、いや、機密指定の庁舎に無断で入った以上、間諜罪で死刑だ！」

「そこで無抵抗の女を殺そうとしているお前は何罪なんだよ？」

セルジュの言葉を歯牙《しが》にもかけず、クラッツは傲然と嗤う。

アースガルドの一個軍を相手にしたクラッツに、セルジュ程度の雑魚《ざこ》の脅しが通じるはずがないのである。

「こいつは……歯ごたえのある野郎が出てきたじゃねえか」

思わず本音が零れた、というように黒ずくめの男が呟く。

これまでずっと無言を貫いていたもう一人もニヤリと笑った。

「女を殺すなんざ寝ざめの悪い仕事だと思ったが……こいつは随分と楽しめそうだ」

クラッツが尋ねる。

「お前傭兵くずれか？　根っからの殺し屋じゃないな」

「ああ、ちょいと貴族の馬鹿を怒らせてな。今は地下にもぐって姿を隠してるのさ」

「もったいねえな……」

本当にもったいないとクラッツは感じていた。

炎の魔剣ゲルラッハ抜きのロズベルグが相手なら、それなりに勝負の形になる程度の実力がこの男にはある。

「余裕だな。自分のほうが強いってかあ？」

侮《あなど》られたと思ったのだろう。男が怒気も露わに咆哮《ほうこう》する。

「事実だ。お前より俺のほうが強い」

「その言葉、後悔するなあああああ！」

振り上げた短剣で斬撃する、と見せかけて、男は下半身を狙ったローキックを放った。

踏み込みと腰のキレが、とんでもなく速い。

平均的な騎士であればこの時点で足をへし折られて勝負ありであろう。

「ふんっ！」

そんな体重の乗ったローキックを、クラッツは震脚《しんきゃく》を利かせて簡単に弾いた。

「何ぃっ？」

驚いたのは男である。

幾多の戦場で無敵だったコンビネーションをいともたやすく無力化された。

それだけではない。

クラッツの胸を狙った短剣も素手で掴まれ、まるで万力《まんりき》で挟まれたかのようにビクともしない。

「何を遊んでいる！　早く殺せ！」

形勢不利と見たセルジュが惑乱して叫んだ。

彼にとって、黒ずくめの男たちの敗北は身の破滅なのである。

クラッツと男が膠着《こうちゃく》状態に入ったと見るや、もう一人の男がマリーカに向かって動いた。

「俺を無視とか、舐めてんのか！」

「いやあああああああああっ！」

――一閃。

一筋の煌めきが見えたと思ったときには、男の身体は真っ二つに裂けていた。

「てめえ……何をしやがった？」

「魔獣アラクネの糸を魔力でちょいと強化しただけさ。速度さえあれば、鋼鉄でも断ちきれるぜ」

もちろん、クラッツの常識を逸脱した神速があればこその話である。

男には見えなかった。

視認することも難しい糸が、目にも留まらぬ速さで容易く身体を両断する――そんな冗談のような武器に対応する手段などあるはずがない。

「まだ……やるかい？」

「いや、お手上げだ。いやいや、俺もかなりやれるほうとは思っていたが、世の中は広いね」

それを聞きセルジュが激昂する。

「ふざけるな！　私は料金を払ったんだぞ！　死ぬ気でそいつを倒さんか！」

「ついた勝負にあやをつけるのは武人のするこっちゃねえぜ」

己を守る味方がいなくなったことを悟り、セルジュは精一杯の愛想笑いを浮かべてクラッツに声をかけた。

「誰だか知らんが、私につくならいくらでも褒美を出すぞ？　仕官の口だっていくらでも世話してやれる。だいたい私を捕まえても、お前が罪に問われるのは避けられんのだぞ！」

「そうかな？」

「今度はいったい誰だ……ってルナリア殿下あああああっ？」

いきなりこの国の最上位に近い存在が登場したことで、セルジュは完全に呆然自失する。

王族を相手にできる説得力のある言い訳が何ひとつ見つからなかったのである。

「殿下に言われてまさかと思い来てみれば……よくも私の顔に泥を塗ってくれたものだな」

また一人、新たな人影が現れる。徴税局のトップ、アンボワーズ伯だった。

「局長……！」

「もう言い逃れはできぬものと観念いたせ」

「お、お待ちください！　私は何も……あの男です！　あの大男が不法侵入してきて！」

「バシュタール伯はルナリア王女の依頼を受けただけだ。言いがかりはよすのだな」

「伯……爵……様？　この男が？」

事ここにいたって万策は尽きた。言い逃れのできぬことを悟って、セルジュは絶望に顔色を白くして頭を抱えた。

今後、駆けつけた法務官に捕らえられ、不正に関与した貴族が幾人か処分されることになるだろう。

「大丈夫か？」

「はひっ！　ありがとうございます！　ああっ！　だめ！　近づかないで！」

クラッツに声をかけられ、ほっと一息ついたのもつかの間、マリーカは何かを思い出したらしく抵抗した。

「あ、もしかしてマリーカちゃん、漏らしちゃった?」

「クロデットのばかあああああああっ!」

——どこにでも空気を読まぬ人間はいるものである。


「だからぁ、ごめんってばマリーカちゃん。そりゃお漏らししたのは恥ずかしかったかもしれないけど……」

「わかったから! もう許すから! お願いだからもうお漏らしお漏らし言わないで!」

不機嫌モードでクロデットを無視し続けたマリーカだが、やはり天然の無神経さには勝てないらしい。

ほとんど涙ながらに、マリーカはクロデットを無視するのをやめた。

「本当によかったよぉ。ルナリア殿下にマリーカちゃんの命が危ないって聞いたときには、心臓が止まるかと思ったもん」

「それは心配をかけてしまったな……」

マリーカ自身も、自分がどれだけ危ない状態にあったか、という自覚はある。

「でもよく考えたらあなたも十分危なかったじゃない!」

「ふえ?」

不正の発覚を当人のセルジュに報告するなどその最たる例である。

もしセルジュがもう少し用心深かったら、この時点でクロデットの命はなかっただろう。

「それにいったいどうして徴税局を首になったあなたが、ルナリア殿下とお知り合いになれるのよ！」

「私って計算以外に取り柄がないからぁ。商家を当たってみたんだけど、徴税局って評判悪いのね。どこも雇ってくれなくて……そんなとき、危険だけどバシュタール伯が直臣の募集をしてるって聞いて……」

――ドドン！

「ぴぃぃぃっ！」

「あなたは馬鹿なの？　死ぬの？　バシュタールがどんな場所なのかわかっていってるの？　そりゃ人なんか集まるわけないから採用されるでしょうけど！」

「ぴ、ぴぃっ！　でもクラッツ様、優しいし頼りになる方よ？　マリーカちゃんもクラッツ様の強さ見たでしょう？」

「うん、そりゃまあ……すごく強い方だとは思うわよ」

颯爽《さっそう》と現れたクラッツに、思わず胸がときめいたのも確かであった。

もっともマリーカがお漏らししてしまったのは、クラッツがアラクネの糸で暗殺者を真っ二つに引き裂いたのが原因なので、差し引きはかろうじてプラスというところだ。

「悪いことは言わないからバシュタールなんかやめなさい！　今なら私が復帰できるよう局長に口を利いてあげるわよ」

もともと無実だったのだ。

セルジュの罪が立証された以上、クロデットの処分も取り消されるはずであった。

「せっかくの可愛い家臣を引き抜かないでくれるかい？」

「えっ？」

頭の上から声が降ってきた。突然のクラッツの登場にマリーカは盛大にうろたえる。

「えへへ～可愛いですかぁ？」

そんなクロデットの蕩《とろ》けたような反応に突っ込む余裕もなかった。

マリーカの脳裏には、昨夜生命の危機を救ってくれたクラッツの雄姿と、粗相《そそう》をしてしまった自分がお姫様だっこで運ばれる恥ずかしい姿が、フラッシュバックしていたからである。

「こ、このたびはまことに……助けていただいて感謝の言葉も……」

「あれ～～？　マリーカちゃん照れてる？」

――ドン！　ドン！　ドン！

「ぴぴぴぴぃぃぃっ！」

怒りに任せた親友による壁ドンの連発に、クロデットは顔を青くして蹲《うずくま》った。

「無事でよかった。クロデットは君のことをそれは心配していたよ？」

「わかってます。でも、私だって心配しましたから……」

低く落ちついたクラッツの声に視線を上げることすらできなかった。

まるで少女のようにマリーカは頬を染め、顔を逸らして俯いたのである。

「君がクロデットを心配なのはわかる。まあ、見てわかる通り、放っておくのは不安だからね」

「それってどういうことですかぁ？　私これでも、しっかりしてると評判なんですよ？」

――ドン！

「ぴぃっ！　嘘ですぅ！」

クロデットがしっかりしているのなら、世の中の子供も大概はしっかりしている。

もっともマリーカもクラッツも、クロデットの小動物的な天然さは嫌いではなかった。

「だけど信じてもらえないかな？　私は家臣を守れるだけの意志も力もあると自負しているのだが」

「そ、それはそうかもしれないけど……」

マリーカが返答に詰まる。

多くの貴族を知るマリーカは、昨晩クラッツの取った行動がいかに破格なものか熟知していた。

確かにバシュタール行きの人員が集まらないのは確かだろう。

しかしたかが面接に来ただけの女のために、危険を冒して暗殺者と戦うなどありえない。

マリーカは、自分が助かったのは本当に奇跡的な偶然なのだと、改めて身が凍る思いであった。

（ところで、いつまで俺はこんなジゴロみたいな真似を続けなきゃいけないんだ？）

『いいから任せておけ！　我の見立てではこの二人、なかなか使える人材なのじゃ』

クラッツは内心でため息をついて続ける。

「よかったら君も来ないか？　伯爵家直臣に相応の待遇は約束するし、クロデットも寂しくなくて済むだろう」

まさに名案とばかりにクロデットは破顔してマリーカの手を握り締めた。

「そうだよ！　一緒に行こうよマリーカちゃん！　私、商家を回って身にしみたけど、私たち結構嫌われてるし……ちょうどいい機会だと思うの！」

税を取られる者が徴税官に良い感情を持つはずもない。

それでも国家のためだ、とあえて嫌われ仕事を続けていたわけだが、世間の風はやはり厳しかった。

もしクラッツが採用してくれなければ、クロデットはせっかくの才を無駄にして娼婦にまで落ちていたかもしれなかった。

「で、でもさすがにバシュタールは……」

大侵攻から何十年も経過したにもかかわらず、税を収めることもできない不毛の大地。妖魔に襲われ死亡する民の数もイェルムガンド一という魔境である。

控えめに言っても都落ちや左遷どころではない。

「そのバシュタールを変えるために私は行く」

クラッツがバシュタールに行く本当の目的《たのしみ》が、強い妖魔との対決なのは内緒だ。

マリーカは俯いたままクラッツの言葉を反芻《はんすう》した。

考えてみれば国王の期待に応え、歴史に刻まれるような偉業を達成するというのも悪くはなかった。

いつもであれば勝気で男を引っ張っていくタイプのマリーカであるが、クラッツの恐るべき大望には声もなかった。

だが同時に、もしかしたらクラッツならやり遂げるかもしれない、という予感がした。

本来なら、個人の力がバシュタールという魔境を変えることなどありえない。

にもかかわらず、どうしてこの男はこんなに自信に輝いているのだろうか。

「クラッツ様ならできます！　私もできる限りサポートしますから！」

「クロデット？」

どうやらクロデットのほうは、すでにクラッツについていくことを選んだようである。

もしかするとクロデットにとってクラッツは、計算能力ではなくクロデット自身を初めて認めてくれた上司なのかもしれなかった。

「あああっ！　もう！　わかりました！　私も行きます！　行けばいいんでしょう！　このまままクロデットを放っておくわけにはいかないし！」

「やったぁ！　マリーカちゃんも一緒だぁ！」

はちきれんばかりの笑顔で胸に抱きつくクロデットを、呆れたようにマリーカは受け止めた。

「ようこそマリーカ、歓迎するよ」

「ひゃっ！　ひゃいっ！」

クラッツに優しく頭を撫でられて、マリーカは沸騰したように首筋まで赤く染めるのであった。

第二章

見捨てられた地

The Heroic Saga of Almadianos
アルマディアノス英雄伝

「新しい領主が来るってのは本当ですか？」

「ああ、我々も知ったばかりだがな。国王陛下の肝入りらしい」

「こう言ってはなんですが、このバシュタールがどんな場所かわかっているのですか？」

「さあな、そんなわけで監視部隊は解散となる。悪いが、俺も王都に戻るつもりだ」

困惑したように男は唇を噛みしめた。

男の名をジルベール・オランジュという。

バシュタールでも比較的大きいナラクの村の村長で、まだ三十代前半と若い。

それは先代の村長である父が妖魔に殺されたからだった。

「長い付き合いだ、武器と食糧はできる限り残していく。新しい領主は軍人あがりだというから悲観することもないかもしれん」

監視部隊の隊長、リュカは励ますようにジルベールの肩を抱いた。

「……だといいですね」

しかしジルベールは、軍人あがりというのは逆に問題ではないかと思う。

下手に軍の力を過信して、妖魔を討伐するなどと張りきられても困るのだ。

そんなことをして再び大侵攻を招けば、今度こそおしまいであった。

かつて栄華を誇ったバシュタールは、今や故郷を見捨てられないわずかな民を残すのみとなっている。

しかも肥沃で便利な土地を妖魔に奪われた彼らは、住みにくい僻地《へきち》で細々と生活を送ることを強《し》いられていた。日常的に発生する妖魔の危害に怯えながら、である。

大侵攻から数十年以上が経過した今も、彼らが納税の義務を果たせずにいるのはそれが理由であった。

収穫が少ないうえに防衛にも多くの労力を割かなくてはならない。

現状では、税を求められても、監視部隊に代わる防衛力を提供してもらえなくても、村の滅亡は避けられないだろう。

「なんでもラップランドでアースガルド帝国軍を相手に功績を挙げた方らしい。村の損害も減るかもしれんぞ?」

監視部隊はあくまでも大侵攻の予兆を見張ることが目的で、純軍事的な能力では本職に劣る。

もっともジルベールはリュカの考えに懐疑的であった。

なぜならリュカたちは長年の経験で妖魔の習性を熟知している。

そうした機微《きび》が戦闘では馬鹿にならないことを、実戦を経験した者なら誰もが知っていた。

「十日のうちには到着されるであろう。ご苦労だが出迎えの準備を怠《おこた》らぬようにな。お主も第一印象を悪くはしたくないだろう」

貴族の中には重税で村を滅ぼす無能な人間もいる。

新領主にはバシュタールの現実を知ってもらわなくてはならない。

自分に課せられた使命の難しさに、ジルベールは人知れず頭を抱えたくなった。

◆　◆　◆

クラッツがナラクの村を訪れたのは、それからちょうど一週間後のことであった。

村の代表者たちや、近隣の村の村長も集まり、可能な限り歓迎の用意がなされている。

新領主の意向は村の滅亡に直結するだけに、爪に火を灯すような思いで最高のごちそうを整えたのだ。

監視部隊の隊員たちも、滅多に着ることのない礼装で身を整え、見事な隊列でクラッツたちの到着を待った。


「――困ったことになった」

脂汗すら浮かべたリュカの非常に困惑した姿に、ジルベールは血の気が引いていくのを自覚した。

彼がこのように真剣な表情をするということは、かつて強力な魔獣が出現したとき以外になかったからである。

「いや、妖魔の類じゃない。あるいはそれ以上に厄介かもしれんがな。実は新領主にルナリア王女が同行しているという報告があった」

ジルベールが貧血でふらりと後ろに倒れそうになり、慌ててリュカが支えた。

「これ以上の歓迎などできるはずがないことは私もわかっている。あとは機嫌を損ねることがないよう運を天に任せるだけだ」

誰もこの暴挙を止める人間はいなかったのか、とジルベールは叫びたかった。

バシュタールは、イェルムガンド王国内でもっとも命の値段が安い場所なのである。

間違っても王位継承者が気軽に訪れてよい場所ではなかった。

同時に、新領主が妖魔の脅威を深刻に捉えていないのではないか、という疑問がジルベールの胸に湧き上がった。

最盛期のバシュタールは人口十万、兵一万という破格の勢力を誇っていた。

現在のイェルムガンドでこれに匹敵する人口を誇るのは、王都以外ではせいぜいストラスブール侯爵領くらいなものか。

その破格の勢力が一週間と待たずに潰滅するほどに、妖魔は危険なのだ。

いったいどれほどの兵力を連れてくるつもりか知らないが、一国の王女の訪問は非常識としか言いようがなかった。

そのジルベールの疑念が正しいと証明されるまで、それほど時間はかからなかった。


「出迎え大儀」

「妾は伯の付き添いじゃ。あまり気にする必要はないぞ」

「バシュタール伯様とルナリア殿下の御来訪を一同、心より喜びといたします」

じっと見つめることは失礼に当たる。

すぐに目を伏せ頭を下げたジルベールだが、それでも雲を衝くようなクラッツの巨躯が強く印象に残った。

（なるほど、少なくとも勇気に不足することはないかもしれん）

「恐れながらこのナラクの村は辺境の貧しき土地、貴人をおもてなしする蓄《たくわ》えもございません。何とぞご無礼をお許しください」

「俺ももとは辺境の村の生まれだ。貧しさは身にしみてるさ」

「はっ？」

不覚にもジルベールは間抜けな顔で聞き返してしまった。

「たまたま出世しちゃいるが、ついこの間までガウラの村の平民だったぜ？　無理難題を言うつもりはないから安心しな」

「あ、ありがとうございます！」

クラッツが平民であったということに釈然としないものを感じながらも、ジルベールはホッと胸を撫で下ろした。

少なくとも村の窮乏《きゅうぼう》ぶりがわからない領主ではないようであった。

「それで、お伴の方たちはいつごろ到着するのでしょう？　監視所の収容人数にも限りがあるのですが」

戦闘になったときに備え、監視所には百人以上を収容できるスペースがある。

指揮官用の私室はクラッツとルナリアの宿泊のために塵《ちり》ひとつなく清掃され、真新しいベッドが運び込まれていた。

「王都で傭兵を集めさせてるが、しばらくは今いる人間だけだぞ？」

実は先日徴税局で戦った暗殺者の男――元傭兵でもあるベルナール・オージェを、クラッツは配下に召抱えていた。

罪を不問にするとともに、いさかいを起こした貴族から保護してやると言われれば、ベルナールに否やのあるはずもない。

すっかり忠実な部下となって、かつての仲間を相手に王都で募兵活動に精を出しているのである。

「な、なんですって？」

ジルベールの悲鳴が上がった。

非礼であることを知っていてもなお、叫ばずにはいられなかった。

今この時にも妖魔の脅威は迫っているのである。悠長に王都で兵を集めている場合ではない。

まして現状では、クラッツとルナリアの護衛として監視部隊の戦力を投入せざるをえないであろう。

果たして兵がやってくるまでにどれほどの犠牲が出ることか。

いや、そもそも募集などしてもバシュタールへ行こうなどという物好きが集まるのか。

甘かった。

やはりこの領主はバシュタールの置かれた過酷な環境をわかってはいない。

「問題があるのか?」

クラッツの問いに、ジルベールは己の命を捨てる覚悟を決めた。

地獄に等しい環境になりながらも、故郷を捨てることをよしとしなかった同胞を守るために、命を張る時は今だった。

「――不遜《ふそん》なお願いをお許しください」

「お、おい、ジルベール!」

ジルベールの覚悟を知って、押しとどめようとするリュカ。それを無視してジルベールは続けた。

「領主様の安全を確保するために、ここにはバシュタールの総戦力の半分以上が集められています。しかしここは妖魔が闊歩する危険な地、兵力が手薄となれば、たちまち民の犠牲が続出いたします。何とぞ！　何とぞご領主様におかれては、警護の兵が集まるまでお引き返しいただきたく」

要するに、クラッツを守る人手などここにはない、と言っているに等しかった。

間違いなくジルベールは首を刎《は》ねられるであろうと、リュカは背中に冷たい汗をかいた。

近隣の村の村長たちも寂《せき》として声も出ない。

「……妖魔どもの活動範囲はどれほどだ？」

「は？」

「奴らは自分の領域をそれほど離れたがらん。森から出るのはそれなりに上位個体だけのはずだ。違うか？」

「そ、そのとおりでございます……」

どういうことだ？　領主は妖魔のことを知らないわけではないのか？

「俺の故郷にも妖魔がいたのでな。ガウラでは森から一キロ離れればそうそう襲ってはこないが、バシュタールはそうではないのか？」

「お、概《おおむ》ねはそうですが、ここはサーベルウルフが群れで行動することがありまして……二キロは離れていないと……」

命の危険があるとわかっていて森に近づく者はいない。

村人がもっとも命を失う可能性が高いのは、飢えて活動領域を広げたサーベルウルフに襲われた時だった。

妖魔として下位に位置するサーベルウルフは、繁殖期《はんしょくき》になると決まって人間を餌《えさ》として狩りにやってくるのである。

俊敏で群れでの巧妙な戦闘を得意とするサーベルウルフ相手には、人間も柵に拠《よ》って集団で戦わなくては太刀打ちできなかった。

「わかった。とりあえず二キロだな」

何がわかったのだ？

巨大な岩を思わせる拳を固めて立ち上がったクラッツに、恐る恐るジルベールが声をかける。

「何をなさるつもりなのですか？　ご領主様」

「うん？」

そんなの決まってるじゃないか、と言わんばかりのドヤ顔でクラッツは嗤う。

「――要するに村から二キロ以内の森を消し飛ばせばいいんだろう？」

「はあああああああ？」

平然と森へ向かおうとするクラッツを、慌ててジルベールとリュカが制止した。

「お待ちください！　一人で向かうなど無謀でございます！」

「それに、下手に妖魔を刺激すれば大侵攻の二の舞になりかねませんぞ！」

「まとめてふっ飛ばせばいいだろう？」

どうにも会話がかみ合わない。

クラッツはまるで子供が虫取りにいくような気安さである。

妖魔の強さを肌で知っているジルベールとリュカには、それがただの世間知らずにしか見えなかった。

「行かせてやれ、クラッツはアースガルド帝国軍四万を一人で追い返した男じゃ。そう妖魔に後《おく》れは取らんよ」

ルナリアにそう言われ、再び二人は目を丸くして絶叫した。

「はあああああああああああああああああああっ？」

それは、現実というにはあまりに非常識な光景だった。

「だりゃりゃりゃりゃりゃりゃりゃりゃりゃりゃ！」

クラッツがシャドウボクシングでもするように素振りをするだけで、なぜか森の木々も岩も妖魔も、ことごとくが巨大なハンマーを打ちつけられたかのように粉砕されていく。

『ま、待て、これでは時間がかかるぞ？　風の戦略魔導で一気にだな……』

ベルンストの提案もむなしく、クラッツはご機嫌で拳を振り続ける。

「おらおらっ！　逃げるか、かかってくるか早く決めな！」

木々が排除されると、森の中で生息していた妖魔たちが露わとなった。

一様に敵意をむき出しにするが、弾幕のような衝撃波の前に近づくことができない。

耐久力のあるレッドアイベアが、咆哮とともにクラッツめがけて駆け出すが、たちまち衝撃波の滅多打ちを受けて撲殺《ぼくさつ》された。

なまじ耐久力がある分、何百発もの打撃の痛みを味わうという、地獄というのも生ぬるい死にザマであった。

村の存亡にも関わりかねない危険な妖魔レッドアイベアのあっけない死に、ジルベールとリュカは乾いた笑みを浮かべて空目となった。

「私たちのしていたことって……」

「この人、妖魔と全面戦争でもする気なのか……？」

「どっせえええええええええええええええいっ！」

どんどん森が消えていく。

妨《さまた》げようとするいかなるものも例外なく粉砕し、ナラクをはじめとする村々に隣接していた森は大部分が排除された。

――そのときである。

ガキン！

甲高《かんだか》い硬質の音を立てて、クラッツの拳の衝撃波が何か硬い物に弾かれた。

「まさかっ！　コランダムトータス！」

以前クラッツが戦ったことのあるロックトータスとは、けた違いの硬度を誇る山のような巨体がゆっくりと起き上がった。

全長は三十メートルに達するだろうか。

相当に齢《よわい》を重ねた成体である。

王国の魔導軍団の援軍を呼ばなくてはならない、対抗不能な怪物の出現にジルベールは頭を抱えた。

だから言わんこっちゃない。やはり森を刺激するべきではなかったのだ！

「硬いだけが取り柄で調子に乗るなあああああっ！」

『こら、急ぐな！　あの手の妖魔にはある程度の熱量をもった魔導が有効で、だな』

ベルンストの必死の忠告も間に合わない。

瞬時にしてコランダムトータスとの間合いを詰めたクラッツは、大地を砕かんばかりの震脚を、上半身のひねりとともに拳へ伝える。

そして魔力を上乗せした拳に全体重を乗せて打ち抜くと、ダイヤモンドに次ぐ硬度であるはずのコランダムトータスは、内側からあっけなく爆散した。

離れた場所から眺めていたジルベールとリュカには、さながら小さな火山が爆発したかのように思われた。

剣も槍も軽々と弾き返すはずのコランダムトータスが、素手で粉砕された瞬間だった。

「さて、今夜は亀肉でもいただくか」

飛び散ったコランダムトータスから、大きな肉の塊を拾い上げるクラッツを見て、ジルベールとリュカは、もう深く考えることを止めた。


コランダムトータスの肉が村人たちに分配されていく。

こうしたカロリーの高い魔獣の肉はとても貴重で、作物の出来が悪い年などは、最後の手段として狩人が危険な森へと出かけることもある。

いつも腹をすかせた村人が、今日ばかりは腹いっぱい肉を食えるとあって、否が応にも宴は盛り上がった。

誰の目にもクラッツに対する強い期待と希望が溢れていた。

ただひたすら、生きることしか考えられない日々。

油断すれば死はごく身近にあり、栄養状態が悪いため老人や子供はちょっとした病で死に至る。

王国にも見捨てられ妖魔に怯え暮らす日々が終わるかもしれない。

クラッツの常識外かつ目にもわかりやすい強さは、彼らに希望を与えたのである。

「――こんな明るい声を聞いたのは久しぶりです」

ジルベールは感慨深そうに瞳を潤ませた。

明るい子供たちの歓声、我慢する必要のない贅沢《ぜいたく》な食事など、ジルベールですら経験したことがない。

それをもたらしてくれたクラッツに対する忠誠心が芽生えるのは当然の流れだった。

「俺はバシュタールをこの国でもっとも繁栄した領地にするつもりだ」

普通なら何を馬鹿な、と笑うところであろう。

なにせバシュタールは王国でも最貧領、それどころか大侵攻以来税すら納めたことのない王国のお荷物である。

しかしクラッツが言うと、不思議と現実味を帯びて感じられる。

「微力ながらお力になります」

「いずれ妖魔とは決着をつけるが、今は無理だ。お前たちを守る余裕がない。現状でお前たちが必要とするものはなんだ?」

「恐れながら、現状は何もかもが足りません。まず水源が少ないのがひとつでしょうか。ここはだいぶテュレンヌ川から離れていますから……耕作も雨に頼っている有様で。これでは一定以上の収穫があがるはずもないのです。水さえ豊富にあれば、米や麦が作付できるのですが……」

かつてテュレンヌ川一帯は有数の穀倉地帯であったと聞く。

大侵攻によって周辺は妖魔の森や毒沼と化し、かつての豊穣《ほうじょう》の地は見る影もない。

しかしナラクの村とて、決して土地が痩せているわけではなかった。

肥料も水も足りないなかで、なんとか村の食いぶちを満たしているのがその証拠である。

「要するに水があればいいんだな？」

事もなげなクラッツの言葉に、ジルベールの背筋を名状《めいじょう》しがたい感覚が駆け抜けた。

つい先刻、「要するに村から二キロ以内の森を消し飛ばせばいいんだろう？」と言ったクラッツの姿が脳裏に浮かんだのだ。

（いやいや、水は森のように破壊してすむ問題ではない）

「ほかに人口の問題もありますし、耕作面積の問題もありますが……妖魔に対する安全と水源が確保されれば長期的には解決するでしょう」

「思ったより博識だな、ジルベール。それとも村長は、みなその程度の知識があるのか？」

「私などさしたる知恵もございませんが、父はバシュタール辺境伯に仕えた侍従の一人でございました」

なるほど。父からある程度の薫陶《くんとう》を受けたということか。

「辺境伯の元家臣で土地を離れた者に連絡はつくか？」

「彼らも好きで故郷を去ったわけではありません。今でもある程度の交流はありますが……それも私の世代までのことでしょう」

バシュタールを故郷と認識する世代は、若くてもすでに中高年に差しかかっている。

逆に言えば、現在の指導者層はその世代と重なる。

バシュタールが安全になったと確認できれば、彼らが故郷に帰還する可能性はそれなりに高かった。

もっとも、生活基盤の確保と税の優遇という飴《あめ》が必要だろうが。

『人は富に群がるモノ。人口の問題はあとから考えればよい。今は治安と防衛の兵力を整えるほうが優先じゃ』

(もうとっくに俺の脳は許容量オーバー！　後は任せた！)

『少しはお前も自分で考えんかあああああああああっ！』

そんなベルンストの思いがクラッツに届くことはなかった。

「一時はどうなることかと思ったけど、みんな楽しそうでよかったわ」

「初日からコランダムトータスをぶっ飛ばすとは、クラッツの蛮勇を見誤っておったわ」

「御主人様、おかわりをお注ぎします」

コーネリア、ルナリア、フリッガがほろ酔い気分でクラッツにしなだれかかると、ジルベールは苦笑してその場を離れた。

「残る話は明日といたしましょう。ささやかな宴を楽しんでいただければ幸いです」

◆　◆　◆

昨晩、酔いも手伝って激しくコーネリアの身体を貪《むさぼ》ったクラッツは、非常にさっぱりとした気分で目覚めた。

隣では、首筋のあちこちに鬱血《うっけつ》した情交の痕跡を残したコーネリアが、疲れ果てて深い眠りに落ちている。

底抜けの体力を持つクラッツの欲望を一人の女性が受け止めるのは、肉体的に無理がありそうであった。

閨に興味津々のルナリアではあるが、そこはやはり王女、いろいろと心の準備やシチュエーションが大切らしい。

そんなことは気にしないフリッガも、順番待ちでルナリアの初夜までおあずけとなっていた。

「約定とはいえ、早くしないと私にも考えがありますよ？」

「待て！　妾にも乙女の夢があるのじゃ！　もう少し時間をくれ！」

そんな舞台裏の葛藤があることをクラッツは知らない。

そのときコーネリアが眉を顰《ひそ》めてみじろぎした。

「んんっ……もう駄目クラッツ……義姉さん死んじゃう……ヤリ殺されちゃう……」

コーネリアの寝言と、美しい肌に無惨にこびりついたものを目にしたクラッツは、今晩から少し控えようと誓うのであった。

宿泊に使った監視部隊の砦の一室を出ると、すでに起きていたルナリアとフリッガが庭で談笑している。

「おはよう、ルナリア、フリッガ」

昨夜はお楽しみでしたね、とは言わずに、ルナリアもフリッガもうれしそうに破顔した。

「おはようクラッツ！」

「おはようございます、ご主人様！」

どうやら手合わせをしていたらしく、二人とも健康的な汗を光らせていた。

「やはりフリッガ殿には敵わないな」

「ルナリア殿下も筋がいい。さすがはロズベルグ殿のお弟子です」

実戦に身を置いているフリッガのほうが、やはり一歩も二歩も先んじているらしい。

「お目覚めでいらっしゃいますか伯爵様。朝食の用意が出来ておりますが」

朝の訓練を終えたらしいリュカが呼びに来たのはそのときであった。

「ああ、済まない。一人分はとっておいてくれ」

「わかりました。それではそのように」

言ってからクラッツは、ルナリアとフリッガが非難するような目をしていることに気づく。

「……またコーネリアを失神するまで攻めたのね？」

「うらやましいです……ルナリアがもっと早く勇気を出せば……」

「ちょっと待て！　妾に振るでない！」

思わぬ飛び火に真っ赤になって照れたルナリアは、そそくさと足を速める。

「早く行くぞ！　朝から手合わせをして妾は腹が減ったのじゃ」

「腹が空《す》いたことについては全く同感だな」

夜の営みで猛烈に空腹となっていたクラッツは、余計なことを言わず後に続いた。


九時を過ぎてようやくコーネリアが身支度を整えたころ、ジルベールが砦へとやってきた。

「おはようございます。ご領主様」

「昨夜の宴は楽しかったぞ」

「お誉めを賜り恐縮でございます」

「ところで、だ」

そう言ってクラッツは表情を改めた。

「昨晩の話だが、このあたりで使う予定のない窪地《くぼち》はないか？」

「窪地……でございますか？」

ジルベールは首をひねる。

おそらくクラッツは水の確保について話しているのだろう。

「溜め池にするからある程度の面積があるところだ」

「そ、それでしたら北の草原の近くに窪みのような場所が」

そう答えつつ、ジルベールは鼓動が激しく高鳴るのを抑えることができなかった。

水を確保することは長く村の夢であり、悲願でもあった。

もしかして地下水脈でも発見したのだろうか。

普通ではありえないことだが、この領主はあらゆる意味で普通の領主ではない。

「――案内してもらおうか」


監視砦からナラクの村へ向かう途中、開けた平地を二十分ほど北上したところに、草原に隠れるようにして窪地があった。

「これじゃ広さが足りんな……」

クラッツの想定より、深さも広さもふた回り以上は小さすぎる。

しかし小さいのなら広げればいいだけのことだ。

「ちょっと下がってくれ」

それだけを告げてクラッツは宙に舞い上がった。

掘り下げるためには角度がいる。

およそ三十メートル上空に飛んだクラッツは、そのまま眼下に向けて拳を振り抜いた。

ドゴオオオッ！

拳が振り抜かれるたびに、まるでクレーターのような穴が地面に刻印されていく。

衝撃波の弾幕はたちまち窪地を深さ三メートル、横幅五百メートルほどの巨大な落とし穴のような空間へと変えた。

「ふう、これくらいでいいか」

額の汗を拭ってクラッツが地上に降りてくると、ジルベールは困惑したように問いかける。

「どうするおつもりで？　私はてっきり井戸でも掘るものと思ったのですが」

「井戸では村の必要量を満たすには足らんだろう。テュレンヌ川からここまで水を引くんだ」

クラッツの非常識さはわかっていたつもりだったが、本当は少しもわかっていなかったことをジルベールは自覚した。

「……テュレンヌ川はここから二十キロは先でございますが」

しかも途中に岩肌が露出した荒れ地があり、妖魔の出没する領域とも重なる。

規模からいえば万人を投入する国家事業のレベルであった。

「水門を造るから鍛冶屋に相談しておけ。とりあえずは俺が適当になんとかするがな」

『鉱山を掘り進むのに使うちょうどいい土魔導があるぞ？　水路を成型する制御が難しいかもしれんが』

(俺にはもっと単純なほうがいい)

「対物理障壁《アンチマテリアルウォール》」

およそ二メートル四方の、ダイヤモンドよりも硬い魔導の壁が出現した。

先日瞬殺したコランダムトータスより、さらに倍以上の硬度を誇る無敵の障壁である。

『そんなもの召喚してどうする?』

「こうするのさ。よいさあああああああああ!」

ズン、と障壁を地面に埋め込むと、クラッツは障壁を両手で押しながら一気に走り出した。

クラッツの非常識な力で押し出された障壁が、土も岩も関係なく掻き分けて一本の道を造っていく。

ブルドーザーを思い浮かべてもらえればイメージ的に間違いはない。

ただし硬さも馬力も、ブルドーザーよりクラッツのほうが遥かに勝る。

障壁の幅と同じ二メートルほどの道が、テュレンヌ川にむかってどんどん延びていくのを、ジルベールはがっくりと膝をついて見送った。

「はは……まさかこの考えはなかった」

確かにこの方法なら今日中にもテュレンヌ川の水が呼び込めるかもしれない――しれないのだが、このもやもやする理不尽な思いはなんだろう。

『納得いかん! このほうが手っ取り早いのかもしれんが、納得いかんぞおおおお!』

ベルンストの絶叫をよそにクラッツはいたってご機嫌である。

「うらうらうらうらうらうらうらうら！」

子供が砂遊びでもするような気やすさで大地を掘削するクラッツは、早くもジルベールの視界の彼方に走り去ろうとしていた。

「まあ、そのなんだ。慣れろ」

そういうルナリアの笑顔もまた、引きつっていたのは言うまでもない。

『我は待遇の改善を要求する！』

（ていうかお前の待遇って何よ？）

『魔導の偉大さを再生《ルネッサンス》するのだ！』


悪夢のような力業《ちからわざ》でテュレンヌ川から水がため池へと押し寄せると、ジルベールやリュカは跪いて涙した。

果たして使いきれるかわからないほどの、水量。

辺境で生きてきた彼らは水のありがたみを知りつくしていた。

人間は水なしに生きてはいけない。

農業のみならず、料理、洗濯、泥水は排泄などに血の一滴のように大切に使用するのは当たり前だった。こんなことを言ってはなんだが、風呂に入るなど村人の誰も経験したことなどない。

とうとうと流れる水面をいったいどれだけ夢見てきたことか。

ジルベールの忠誠心が極限を突破したとしてもそれは無理からぬところであろう。

「バシュタール伯様！　なにとぞ某《それがし》も臣下にお加えを！」

当初は引き継ぎを済ませて、命の危険のない王都に戻るつもりだった。

しかし監視部隊の隊長であるリュカは、バシュタールに少なからず愛着を抱いてもいた。

もしクラッツの手でバシュタールが再生されるというのなら、その一翼を担いたい。

そしてクラッツとともに、新たな歴史の担い手でありたいと考えたのである。

結局、監視部隊の三割以上の隊員がバシュタールに残ることを決意し、クラッツの初期家臣団に加わった。

感涙にむせびながら、ジルベールもまたクラッツに膝をついた。

「ご領主様の命なら我が命いつでも捧げます」

豊かな水源は、それほどにナラクの村の生活に激変をもたらしたのであった。

『まだまだ甘い！』

ベルンストはしたり顔で――といっても表情は見えないのだが――クラッツの力業を論評した。

『馬鹿力で地面を掘削しただけなのに、どういうわけか勾配《こうばい》もついているその工作力はよしとしよう。しかぁし！　それだけでは用水路の保全はできんのだ！』

（どういうことなの？）

『水が大地に浸み込むのは仕方ないとしても、水流で土が削られるのは避けられんぞ？　それに水棲の妖魔が出没せんとも限るまい』

（なるほど）

『そんなこともあろうかと！　錬金によるコーティングで耐久性を半永久的に確保。さらに魔導陣と相互補完することによって、弱い妖魔なら完全にシャットアウトできるのじゃ！』

どうだ！　と言わんばかりのベルンストのドヤ顔に、クラッツが冷静に突っ込んだ。

「……地味」

『うがああああああああああっ！』


水路からどんどんため池に水が補充されていくのを、興味深そうに眺めている子供たちを見て、クラッツは考えた。

この子たちは自分のように小川で泳いだり魚を取ったりしたこともないのだろう。

そこで土魔導で即席のプールをつくってやると、村の子供たちは恐々と、それでも楽しそうに水に足を浸していく。

生まれてこの方、遊びに水を使うという発想がなくても、そこはやはり子供である。

たちまち歓声を上げて水をかけ合い、バシャバシャと戯《たわむ》れはじめた。

「よろしいのでしょうかご領主様？　このように無駄使いをさせていただいて……」

「無駄使いなどであるものか。子供が遊ぶのが無駄だなどと、俺は一度も思ったことはないぞ」

それにまだ、ナラクの耕作地へ溜め池から水を運ぶ用水路網は手つかずである。

今日くらい大盤振る舞いしたとしても、水は潤沢すぎるほどにあった。

「こんな光景がバシュタールで見られようとは……」

「そんなわけで今日は風呂に入るぞ！」

クラッツの宣言に、ルナリアとフリッガは目の色を変えた。

王女としての贅沢な生活に慣れている二人は、やはり長期間風呂に入れないというのは大きなストレスなのである。

「ほ、本当じゃな？　今さら嘘とか言わんだろうな？」

「せっかくだから一緒に入らせていただけないでしょうか……？」

「クラッツ、義姉さんを失望させないでね？」

「お、おう」

三人の女性陣の期待の視線を一身に浴びて、クラッツは土壁の湯屋を錬金した。

およそ二メートル四方ほどの風呂桶を錬製すると、それを覆い隠すため、およそ三メートル近い土壁を建てる。もちろん小さな脱衣所の設置も忘れない。

そして十分に水を張って、火の魔導で温めれば完成である。

密かに覗き穴まで完備されているのは内緒だ。

「思ったよりこの錬金ってのは便利だな」

これぱかりはクラッツの怪力をもってしても真似のしようがない。

『それじゃああああああああああああああああああ！』

ベルンストが絶叫したのはそのときであった。

（頭の中で叫ぶなよ。びっくりするだろう！）

『見た目で魔導の偉大さをわからせるのは、戦闘でないとなると、この錬金が一番わかりやすい！』

（そこまで評判にこだわるのかよ！）

『我が魔導が筋肉に負けてたまるかあああああああっ！』

ベルンスト魂の絶叫であった。

「クラッツ！　もうお風呂入れるの？」

すっかりその気でタオルと着替えを抱きしめているコーネリアたちに、クラッツは優しく微笑んだ。

「手前の脱衣所で着替えてくれ。湯加減は言ってくれれば調整する」

「やったあああ！」

やはり武人とはいえ、ルナリアもフリッガも年頃の娘である。

好きな男の前で、汗臭く、埃まみれの髪でいなければならないなど、少なからず乙女心が傷ついていた。

「……見ます？　ご主人様」

そっとフリッガが胸元を開いてその谷間を見せつけた。

「妾を巻き込むな！　阿呆！」

真っ赤になったルナリアが、フリッガの襟首を掴んで引っ張っていく。

女三人寄れば姦《かしま》しいとはまさにこのことか。

『おいっ！　それよりこっちだ！』

女性陣との会話が一段落したのを見計らって、ベルンストが再び声を張り上げた。

(何をしようってんだよ)

『ふふふ……我が魔導の偉大さを一目で理解するに相応しい考えがある！　このナラクの村、いや、周囲三つの村全てを妖魔から守れるほどの城壁を造ってやる！』

これまでは一部に柵を設ける程度の防御施設しかなかったのだ。

物理的に妖魔の侵入を遮断する城壁が建築できるのならばその効果は大きかった。

監視部隊からいくらか人数が残ってくれることになったとはいえ、バシュタールの安全保障に必要な人数からは程遠いのである。

『レッドアイベアでも破壊できぬ強度と、ロックトータスでも乗り越えられぬ高さとなると……最低でも五メートルの高さは必要か』

（こらこら、どんだけのものこしらえようとしてるんだよ！）

『筋肉で用水路を造れて、魔導で城壁ができぬ理由があるかああ！』

どうやらクラッツが長さ二十キロ以上の用水路を一日で完成させたことに、対抗意識を燃やしているらしかった。

ただし実際にやるのはクラッツなのだが……。

『見よ！　我が魔導の力を！』

（へいへい、いつもの通り合わせりゃいいのね？）

このとき、クラッツはベルンストの執念と情熱を完全に見誤っていた。

ラップランドでの魔導装騎兵との戦闘から、ここバシュタールでの用水路開発まで、ベルンストは脳筋の力業に涙を呑《の》んできた。

しかもそれがわかりやすく容易に人々に支持されることも、ベルンストにとっては不満の種だった。

この世界の遅れた魔導では、いかにベルンストが超絶の技巧を駆使しているかが理解できないのだ。

それならば、魔導の素晴らしさがわからない蛮人なら蛮人なりに、視覚的にはっきりとした偉業を見せつければよい。

『万物の支配者たる我が名のもとに、原子は願いを具現せよ！』

「クラッツ・ハンス・アルマディアノスが命じる。城壁よ、在れ！」

見る間に巨大な城壁が出現した。

地平線の彼方まで続くそれは高さ五メートルと巨大で、弩《いしゆみ》で攻撃するための銃眼があり、およそ一メートル半の通路幅と補給用の階段や出撃用の門まで完備された、城壁というより城塞に近い存在であった。

突然出現した禁断の門のような城壁を見て、村人たちはパニックになり、ジルベールやリュカも、すわ妖魔の仕業かとクラッツの指示を仰ぐために駆け出してくる。

しかし当のクラッツにそれを気遣う余裕はなかった。

不可視の手で脳を直接いじりまわされるような違和感。

そして指ひとつ動かすのも億劫《おっくう》な極度の虚脱感に、クラッツは意識が遠のいていくのを感じていた。

それは、初めて感じる死への恐怖なのかもしれなかった。

『すまん、お前の魔力量のこと考えてなかった』

(考えてなかった、じゃねえええええ！)

『正直すまんかった』

分身とはいえ、クラッツはベルンストほどの技量も魔力量も持ち合わせていない。

想定を遥かに超える魔力消費はクラッツの魔力を枯渇《こかつ》させ、その代替物として化け物じみた体力すら一瞬で奪い去ったのである。

右往左往する領民たちをよそに、クラッツの意識はぷっつりと闇の中へ消えていった。

ちょうど同じころ、突如出現した壁を森の中から見つめる妖魔の姿があった。

「……これはトリアステラ様にお知らせしなくては」

人間などただの獲物でしかないが、こうした物理的な防御施設と連携されれば厄介である。

もしこの程度で妖魔に勝てるなどと思い上がっているのなら、七十年前と同様思い知らせてやる必要があった。

◆　◆　◆

ここで時間は少し遡る。

クロデットとマリーカはナラクの村で物資の計算と配分を行っているため、風呂場に入ったのはルナリア、フリッガ、コーネリアの三人である。

ルナリアとフリッガがいそいそと服を脱ぎ捨てていくのを、コーネリアは気後れしながら見守っていた。

ルナリアもフリッガも、性格がいささか常軌を逸しているものの、基本的には王女である。侍女に傅《かしず》かれ、風呂ともなれば身体を洗うのは他人任せとなる。ゆえにコーネリアがいても、気にもせず裸体を晒していた。

ルナリアの身体はメリハリに富んでいて、特に母性の象徴たるバストは圧巻と言えた。

隣のフリッガも負けてはいない。

アルビノのように白い肌と、絹糸のような白い髪が神秘的な美しさを醸し出していて、肉感的なルナリアとは好一対である。

ややスレンダー気味ではあるが、スタイルもバランスが取れていて、バストも美乳といって差し支えないものだった。

(それに引き換え……)

コーネリアは絶望的に平坦な自らの胸を眺めた。

おそらくはこの先も成長を見込めないであろうそこに、昨晩の情交の跡を見つけてコーネリアは慌てた。

クラッツとの睦《むつ》み合い自体はすでに知られていることだが、その痕跡を暴かれるのはまるで情交を覗かれるような恥ずかしさがあった。

「どうしたのだ？　コーネリア。早く行くぞ？」

「ひゃっ！　ひゃい！」

そんなピンク色の妄想に浸《ひた》る間もなく、コーネリアはルナリアに強引に湯殿《ゆどの》へと引きこまれたのだった。

（き、気まずい……）

肩まで湯に浸《つ》かりながらタオルで情交の跡を隠すコーネリアと、ルナリアたちの間には一種の緊張状態があった。

そんな状態になる理由が、コーネリアとしてはこの情交の痕跡しか思い当らない。

はしたない女と思われただろうか？

それともクラッツの初めてを奪った女として嫉妬を呼んでしまったのだろうか？

乱れに乱れた昨晩の自分の狂態を思い出して、コーネリアはぶくぶくと口元まで湯船に沈んだ。

「それで……どうなのだ？」

「はいっ？」

主語も目的語も抜けたルナリアの問いに、コーネリアは首をひねる。

呆れたようにフリッガがルナリアの言葉を継いだ。

「今さら恥ずかしがっても仕方ないだろう？　ご主人様との閨《ねや》はどのようなものか、感想を聞きたいのだ」

「ふええええええええええっ！」

「や、やはり痛いのか？　母上は天井の染みを数えていれば終わると言っていたが？」

どうやらこの二人、機会があればクラッツに抱かれようとはしているものの、そこはお姫様だけあり知識が偏りすぎて、不安を隠せないらしい。

脱衣場ではコンプレックスをいたく刺激されたコーネリアだが、クラッツの女としては二人の先輩なのである。

その事実はコーネリアの女としての虚栄心を十分に満足させた。

「痛いなんてもんじゃないわよ。これが胎内に入ってくるのを想像してみて。お腹が破けるんじゃないかって本気で心配したんだから」

そう言ってコーネリアは握りこぶしを作って見せる。

これにはルナリアばかりかフリッガも顔色を青ざめさせた。

「ほ、本当にそんなに大きいのか？　うちの騎士団の連中の倍はありそうなのだが！」

「お父様の三倍はありそうよぅ」

父親のクリストフェルが血の涙を流しそうなルナリアの感想であった。

「とにかく最初は耐えるしかないわ。まあ、私のときはクラッツも童貞だったし、今はもう少し余裕あるかしら？」

「そんなものが入って本当に壊れんのか？」

「赤ん坊に比べれば小さいし、大丈夫なんじゃない？　壊れるかと思うほどつらいけど」

ごくりと生唾を呑んで、声もないルナリアたちにコーネリアは微笑んだ。

「――死ぬかと思うほどつらいけど、それ以上に幸せを感じるから平気よ？　好きな男とひとつに繋がるって」

そう、あれは女だけが感じる至福だ。

この世界でクラッツを受け止めているのは自分一人だという実感を、あのときほど感じたことはない。

「そう、か。そうかもしれないな……」

「早くご主人様をここにお迎えしたい……」

夢心地でその瞬間を夢想する二人に、コーネリアは妖艶な笑みを浮かべる。

「ところが、ね」

「う、うむ」

「痛いのを通り過ぎると、とんでもない快感が襲ってくるの。痛いのは耐えられるけど、快感は耐えられないわ」

そこでコーネリアは、首筋や胸に刻まれた情交の痕跡を二人に見せつけた。

「最初はひとつに繋がってるって感覚だったけど、今はクラッツ専用に作り変えられてるって感じね。気持ちよすぎて、どんな恥ずかしい台詞でも恥ずかしい格好でも気にならなくなるわ。悔しいけど」

「ううう っ……そ、そんなうれしそうに、ずるいのじゃ！」

「ああ、早く私をご主人様の色に染めてほしい！」

「落ちつけフリッガ！　妾たちの初夜は一度きりなのじゃ！　後悔せぬよう勢いに任せるわけには……」

「むしろ無駄に時間が過ぎるほうが後悔しそうだけど？」

「む、むうっ」

今度はルナリアが真っ赤に照れてぶくぶくと湯船に沈んだ。すでに茹《ゆだ》ったのかと思うほど、全身が赤く染まっていた。

この分では彼女たちが自分の仲間入りする日も遠くはないだろう。

今となっては、早く彼女たちが分担してくれなくては身がもたない、とコーネリアは密かに思うのだった。

「そ、それにしても本当に裂けたりしないのか？」

「きちんとほぐしてもらわないと危ないかもね」

「ほ、ほぐすって！　まさかクラッツにではあるまいな？」

「他の誰にしてもらうっていうのよ」

「ふにゅう……」

想像が羞恥の限界を超えたのか、あるいは少々熱めの湯に当たったのか。ルナリアは糸の切れた人形のようにふにゃふにゃと崩れ落ちた。

「ちょっ！　ルナリア！　こんなところでのぼせないでよ！」

「いけない！　早く冷やさないと……」

「らめえ……恥ずかしすぎてひんじゃうのじゃ……」

◆　◆　◆

「急に城壁が出現しただと？」

「御意」

「ふん」

トリアステラは不機嫌そうに鼻を鳴らした。

日焼けした肌に腰まで伸びた金髪がからみつき、露出した素足に裸同然の侍女が群がっている。

みな水準以上の美女なので、報告に来た斥候《せっこう》は動悸《どうき》を鎮《しず》めるのに苦労した。

一拍の間を置き、それまでトリアステラに傅き、肩を揉み、あるいは足に香油を塗っていた侍女たちは、彼女がひとにらみしただけで一斉に退出した。

羽毛の枕でくつろいでいた表情を一変させたトリアステラは、己の楽しい時間を邪魔した人間に怒っていた。

——人間ごときが。七十年前、人間どもがバシュタール大侵攻と呼んでいる懲罰《ちょうばつ》でも懲《こ》りていなかったのか。

これだから、あの低能な生き物は度し難いのだ。

「それでその壁の規模は？」

「そ、それがおそらく全長は数十キロ、高さ五メートル、幅二メートルほどの本格的なものです。低級な妖魔ではまず歯が立つまいかと」

「貴様はいったい何を見ていたのだ！」

これにはトリアステラも激昂せずにはいられなかった。

そんな大規模な土木工事を見過ごしていたとすれば、処刑に値する怠慢だろう。

「魔王様に誓って、工事を見過ごしていた、ということはありません。まるで召喚したかのように、今日、突如出現したのです」

「馬鹿な……そんな真似は魔王様でも……」

人間にそんな真似ができるものか。

そう思うトリアステラだが、そんな国家規模の工事を秘匿《ひとく》するのが不可能なことも事実。

このウィングマンの男は信頼できる斥候であり、今回に限って何カ月もさぼっていたはずがなかった。

「――口惜しいが、人間どものなかにできる奴がいるらしい」

トリアステラは先日の妖魔の会合で、つい最近、貴族の一人が人間に滅ぼされたことを知ったばかりだった。

二カ月に一度、上級貴族である妖魔は魔王城に赴いて情報交換をするとともに、魔王から命を受ける。

上級貴族は四大公爵を筆頭に六侯爵、八伯爵、十二子爵、十六男爵で構成されており、トリアステラは序列十三位の伯爵の地位にあった。

同格の伯爵の中でも序列では三位であり、その戦闘力では一、二を争うとも言われる。

支配する妖魔の数は軽く万を超え、その軍事力は人間の小国を優に凌駕するであろう。

だからこそイェルムガンドのような大国ですら、正面からの消耗戦を避けたのである。

その自分がまるで弱者のように怯えていることを、トリアステラは絶対に認められなかった。

上級貴族が人間に劣ることなどあってはならない。

しかしトリアステラの勘は新たに出現した城壁と、その背後の人間に対して激しい警鐘を鳴らしていた。

「何ほどのことがある。私自ら見定めてくれよう」

力を信望する妖魔として、魔王の絶対的な力に服従する貴族として、トリアステラはどんな危険を冒しても、クラッツという脅威と向き合わなくてはならなかった。

「ふふふ……この狂える吸精鬼《マッドノスフェラトゥ》トリアステラの恐怖を忘れたというのなら、思い出させてあげるよ！」

◆　◆　◆

クラッツが目覚めると、そこには顔を蒼白《そうはく》にしたコーネリアたち女性陣がいた。

クロデットとマリーカもいるところを見ると、かなりやばい状況だったのではないだろうか。

「クラッツ！　気づいた？」

「私がわかるか？　クラッツ！」

「ご主人様よくぞご無事で！」

感極まった三人に抱きつかれて、再びクラッツはベッドへと押し倒された。

「ご気分はいかがですか？　閣下」

おそらくは一時取り乱したのだろう、若干の疲労の色を見せてマリーカが問いかける。

クロデットはというと、もう言葉にもならずにただエグエグと泣いていた。

「ああ、済まない。単純な魔力切れだから心配はいらないよ」

「もう三日も寝てたのよ？　心配しないはずがないでしょう！」

「三日？」

これにはクラッツも驚かざるを得ない。

いったいどれほどの魔力を振りしぼったものか。


『つい我の魔力量を基準にしてしまってな。本来なら生命維持に使うはずの魔力まで吸い上げてしまった。許せ』

（本当に死ぬとこだったんじゃねえかあああああ！）

『そうとも言う』

（もう二度と、お前の言うことなんか聞かんぞ俺は）

『いや、次からは気をつける……とはいえ許容量を超える魔力を使って魔力脈まで損傷してるからな……しばらく魔導の行使はできんじゃろ』

まだまだ派手な演出を考えていたのに……とベルンストはため息を吐く。

城壁がゴーレムに変形して出撃するとか、城壁に幻視効果を付与してリングワンダリングをさせるとか。

『すぐに回復するとは思うが、お前の筋肉も半減してるから気をつけろよ？』

（全く、とんだとばっちりだぜ）


「随分とみんなに心配かけたみたいだな。ごめん」

「ううっ……心配したのじゃ……本当に心配したのじゃぞ？」

「ご主人様を思うと夜も眠れませんでした」

よく見ればルナリアもフリッガもコーネリアも、睡眠不足から目に隈《くま》が出来ていた。

ほっと緊張の糸が切れ、ほどなくして眠りに落ちた三人を、クラッツは一人一人愛おしげに抱き上げてベッドへと運んだのだった。


がやがやという喧騒が聞こえてきたので外に出ると、そこには驚いた顔のジルベールと、王都に残してきた元傭兵ベルナールの姿があった。

「なんだい、倒れたと聞いたが元気そうじゃねえか」

「もう起き上がられて大丈夫なのですか？　ご領主様！」

「ああ、すまん。ちょっとヘマをしたが、もう何も問題ない。ベルナール、後ろにいるのがうちの兵隊か？」

ベルナールの後方およそ五十メートルのあたりに、百人ほどの男たちが屯《たむろ》っている。

「昔の伝手《つて》をたどったんだが、バシュタールに行こうって酔狂はこれだけでね」

「こっちでもまとまった人間が残ってくれることになった。とりあえずは十分さ。よくやってくれた」

予想通り、ベルナールは傭兵たちの間で顔が利くようだ。

募集したのがクラッツならば、十人集まれば恩の字だったろう。

「へっ！　これくらいどうってこたぁないさ！」

命を狙ったにもかかわらず処刑をまぬがれたばかりか、恨みを買った貴族からまで保護してくれたクラッツには返しても返しきれない恩がある。

こう見えてベルナールは義理堅い。

だからこそ毀誉褒貶《きよほうへん》の激しい傭兵の間で、一定の信用を得ていられるのである。

「おい、ブリューノ、こっちに来い！」

ベルナールの呼びかけに応じて一人の男がゆっくりと近づき膝を折る。

「ブリューノ・ダトワです。お見知りおきを」

「クラッツ・ハンス・アルマディアノスだ。よろしく頼む」

ともに二メートルを超える巨人なので、並んでみると実に壮観だった。

「こいつはアースガルドに滅ぼされたマクリーン公国の出でな。腕は確かだし義理をわかっている人間だ。頼りになるぜ？」

「給金分の仕事をするだけだ」

ぶっきらぼうにブリューノは言い捨てるが、若干頬が赤くなっているところを見ると、存外照れ屋なのかもしれない。

「それにしてもここは随分と平和だな。バシュタールは地獄の一丁目と聞いていたのだが」

露骨な話題逸らしであったが、クラッツは笑ってそれを受け入れた。

「ご領主様がいらしてくれたからそう見えるだけです！　ついこの間まで、私たちは毎日生きるか死ぬかと怯えて暮らしていたのですよ？」

ここぞとばかりにジルベールがまくし立てる。

「この城壁だって、ご領主様が一日で建ててくださったのです！」

「お前は何を言ってるんだ？」

地平線まで続く堂々たる城壁を見上げてブリューノは苦笑した。

王都の城壁に比べればみすぼらしいかもしれないが、強度は相当に高いことが窺える。

強い魔力を感じるので、おそらく魔導による強化がされているに違いなかった。

これが一日で建築できるなら、国中の土木業者は廃業である。

「いやあ、調子に乗りすぎてな。まさか魔力欠乏で三日も寝込むとは思わなかった」

「はあああっ？」

クラッツがなんでもないように肯定したために、ブリューノは、あんぐりと口を開けて二の句を継げずにいた。

「心配かけて済まなかったなジルベール。三日遅れたが、ナラクの畑まで用水路を延ばそう」

「よろしいのですか？　まだ病み上がりなのでは……」

「ちょいと魔力が足りてないだけだ。身体慣らしにちょうどいい」

ギギギと、金属が軋むような不自然な動作で、ブリューノがベルナールを振り返った。

「とても奇妙な話だと思うんだが、俺がおかしいのか？　それとも向こうがおかしいのか？」

「安心しろ。どう考えても向こうがおかしい。ところが世の中には、おかしいことがまかりとおる場合もあるのさ」

そう答えたベルナールだったが、クラッツが魔導障壁を大地に突き刺し、大音声とともに用水路を掘削し始めた時には、ブリューノと揃って目を剥いた。

「ってぉおおおおおおおおおいっ！」

「これ、絶対に俺たちいらんだろう……」

得てして傭兵などという生業《なりわい》の人間は、力ない人間の言うことは聞かないものだ。

しかしもう、間違っても彼らがクラッツに逆らうことはないはずであった。

「人間じゃねえ……」

「魔王だと言われても俺は驚かんぜ……」

「今日は今ひとつ調子が出ないなあ！　うらうらうらうらうらうらうら！」

◆　◆　◆

「まず滑り出しとしては上々だが……」

上々どころか破格と言うべきだろう。

財政を切り盛りするクロデット、対外折衝役であるマリーカ、そして治安維持と対妖魔の戦力としてベルナールの傭兵部隊、リュカと約三百名の兵がいる。

領地の規模からすればまだまだ兵は少ないが、一騎当千のクラッツとフリッガがいることを考えれば十分すぎると言えた。

さらにクラッツがその怪力に物を言わせて、大量の鋤鍬《すきくわ》を消耗しつつ五ヘクタールもの土地を開墾《かいこん》したので、耕作する人間のほうが足りなかった。

収穫が上がれば、七十年ぶりにバシュタールに税収がもたらされるかもしれない。

「順調すぎなんですよね」

マリーカの言葉にクロデットが頷く。

「このままでは税収が上がる前にバシュタールの財政が破綻《はたん》します」

計算能力では他の追随《ついずい》を許さないクロデットである。

集まった傭兵、バシュタールに残ってくれたリュカたち元監視部隊の面々、開墾に伴う領民の募集、増えた人口のための家屋建築など、出費は増大する一方であった。

資材や食糧の購入については、マリーカがうまく節約してくれている。ときにはルナリアが圧迫商談をしているらしい。

それでも、財政破綻を先延ばしにすることしかできない。

「私の計算ではあと四カ月でバシュタールの、というよりはクラッツ様の支度金が底を尽きます」

国王クリストフェルから支給された支度金はそれなりに巨額だったが、これほどの膨張までは予想していなかった。

今回バシュタール領を与えたのは、クラッツに対する試練の意味もあったから、あまり余裕を持たせるわけにはいかなかったのである。

「収穫次第では半年後に税を徴収することも可能ですが、とても現在のバシュタールの行政を賄《まかな》うにはほど遠い額です」

おそらくクリストフェルは、クラッツが兵力を整備するとは思っていなかったのだろう。

もちろんクラッツは、せっかく手に入れた忠誠心の厚い兵力を手放す気などなかった。

「それじゃ妾が手持ちの資金から……」

「おやめください。政敵がつけこむ口実になりますから」

えらそうなことを言って、結局ルナリア殿下のお情けがなければ何もできない。

そんな評価が広まればバシュタールをせっかく復興した意味がなくなる。

ルナリアはマリーカの説明を受けて悔しそうに唇を噛んだ。

「要するに収入が必要なわけだな?」

「はい、近いうちにコランダムトータスクラスの妖魔を退治できれば、売却することでさらに数カ月、破綻を先に延ばせると思います」

クラッツにとって、妖魔を狩ることは問題はない。

兵たちの訓練を兼ねて妖魔狩りを行うのも悪くはなかった。

とはいえ、それだけでは安定した財政基盤にならない。

高値で売却できる妖魔は非常に限られる。

強力な妖魔に遭遇し、損害ばかり大きくて大した金額にならない妖魔だと、たちまち莫大な赤字を被るかもしれないのだ。

なんらかの安定した産業が絶対に必要であった。

「追加で借金するという手もありますが……」

少なくとも、クラッツある限りバシュタールの未来は明るい。

生きる地獄でしかなかったバシュタールに豊かな実りが戻ろうとしているのだ。

資金を都合してくれる人間もいるだろう。

「碌でもない連中が関わってきそうだからやだ」

「やだって、そんな……」

なんの根拠もないが、クラッツの勘は正しかった。

財政面からクラッツを陥《おとし》いれよ、というアルベルトの意を受けた一部の商人と貴族が、今か今かと手ぐすねを引いて待ちかまえていた。

「ジルベール、先代のバシュタールでもっとも大きな収入源はなんだった？」

「それは、ボリシア鉱山をおいてほかにありますまい」


クラッツに問われたジルベールは間髪いれず答えた。

ボリシア鉱山。

稀少なミスリルを産出することで、かつてその名を轟かせた鉱山であり、その雄姿は妖魔の領域の真っただ中にそびえていた。

「もう大将が何を言い出そうと驚くまいと思っていたんですがね」

ボリシア鉱山を目指そうというクラッツの言葉に、ベルナールはため息交じりに頭を掻いた。

「鉱山を解放しても、採掘できないことには意味がありません。七十年前の坑道もどれだけ無事でいるか……」

風化や地下水の浸食で崩れ落ちた坑道も多いだろう。

採算を取るにはよほどの手間が必要になる、とジルベールも困惑顔であった。

「とりあえずそれは後回しでいい。場所と環境を偵察したいだけだからな」

それに採掘に関しては考えがないでもない。

「あっさり言ってくれますが、それは大将だからできることでさあね」

自分たち傭兵がたった百人だけで突撃したら、三日と持たずに全滅するだろう。

「俺だってその足でついてこいとは言わんよ」

クラッツの速力なら、あるいは転移の魔導を駆使すれば、さほどの難事とも思えない。

しかも今は城壁錬製の後遺症で魔導が使えないので、転移で彼らを連れていくこともできなかった。

「それでは私の出番ですね！」

小躍りして喜んだのはフリッガである。

彼女はこんなこともあろうかと、故郷からグリフォンのシュラックを呼んでいた。

機動力においてこれに勝る手段となると、クラッツが全力疾走するくらいしかない。

「ずるいぞフリッガ！　妾も乗せろ！」

「残念だけどシュラックは二人乗りなのよね」

「くっ……！」

悔しそうにルナリアが唇を噛む。

「いや、悪いが今回は一人で行く」

「そ、そんな！　どうして！」

ゆっくり二人の時間が楽しめると思っていたフリッガはたまらず悲鳴を上げた。

「万が一の時にここを守るにはフリッガの力が必要だ。もうしばらく転移が使えそうにないんでな。頼む」

「はい！　お任せください！」

クラッツにぐっと肩を抱かれ頼まれると、フリッガはたちまちうれしそうに頷いた。

クラッツから頼られるなど、滅多にあることではないのだ。

それにもともとフリッガはチョロい女であった。

クラッツはよしよしとフリッガの頭を撫でると、ベルナールとブリューノに向き直った。

「この城壁は図体がでかいだけの妖魔には崩せないから、落ちついて守ってくれ。異変があれば閃光弾を打ち上げろ。すぐに戻る」

「やれやれ、人使いが荒いこって」

「ボリシア鉱山に連れて行かれないだけマシだと思えよ」

「……違えねえ」

このまま妖魔の出方を待つ、という選択肢もないではなかった。

クラッツがいれば、たとえ大侵攻が再開されたとしても恐れるには足りない。

しかし財政破綻という目前の危機がある以上、受け身でいるのはクラッツの性に合わないのであった。

「さて、早速だけど行ってくる」

◆　◆　◆

妖魔の上級貴族トリアステラには、配下の将が三人いる。

それぞれがおよそ三千の兵を統率しており、トリアステラの親衛隊を含めると総勢は一万一千人という大兵力であった。

これはフリッガの故郷ラップランド王国の動員兵力に匹敵する。

一地方領にすぎないバシュタールが単独で戦うには、あまりに大きすぎる相手であった。

まして現状、バシュタールには七十年前とは比べ物にならぬ脆弱《ぜいじゃく》な兵力しかない。

しかしトリアステラは自らの軍をいささかも評価していなかった。

これは妖魔全般に言えることなのだが、妖魔は集団としての力より、個人の力を信奉する傾向がある。

そして本当の上級貴族は、単身で容易く万の兵を屠ることができた。

集団より個、それが妖魔の本質であり、数の力に頼らなければならないのは弱さの象徴とされていた。

とはいえ人間は上級妖魔が直接相手をするには弱すぎる。

群れて戦うしか能のない人間を血祭りに上げるために、露払いとして妖魔の軍は価値があった。

トリアステラの前に現れた三人の将――それぞれが個性的な女性たちは、媚びるように先を争って進み出た。

「お姉様、先陣はどうか私に」

「いえ私にこそ！」

「ふん、ふぬけたお前たちにその役目が務まるかな？」

三者が三様にトリアステラに直訴する。

それを愛しそうに眺めて、トリアステラは薔薇《ばら》を一輪水差しから抜き出すと、彼女たちの一人に与えた。

「クシアドラ、自信はあるわね？」

「私は寵愛《ちょうあい》をよいことに仕事を怠る者とは違いますので……」

「あら、私との時間は退屈だったかしら？」

悪戯っぽく笑うトリアステラの言葉に、クシアドラはあからさまにうろたえて、男装の麗人のような硬質の美貌を赤らめた。

「いえ、そ、そんなことは……お姉様との逢瀬《おうせ》はいつもこれ以上にないほど甘美《かんび》な悦楽です。

た、ただそれはそれ、これはこれ、と公私の区別をつけているだけですので」

「ちょっと！　私がいつ公私の区別をなくしたっていうのよ！」

「ふん、珍しい香水を手に入れるために、軍を三日も留守にしたのは誰だった？」

クシアドラに自分の不祥事を暴露された、少女のような幼い外見の妖魔は、気まずそうに視線を逸らした。

どうやらまずいことをしたという自覚はあったらしい。

「メリル、今週は閨に侍らずともいいわ」

「そんな！　お許しくださいお姉様……！」

メリルと呼ばれた少女は絶望したような悲鳴を上げたが、トリアステラは残酷な笑みを浮かべて首を振った。

寵愛を与えるのもよいが、こうして罰を与えるのも悪くはない。そのほうが彼女たちを支配していることを実感できる。

三人はトリアステラがもっとも愛する妖魔ではあるが、それはあくまでも欲求を満たすためのお気に入りであって、決して恋人というわけではないのだ。

「――それでは今日の閨には私が」

「ああっ！　ずるいわベルタ！　今日は私の番だったのに！」

「残念だったわねメリル。自業自得と思って諦めるのね！」

沈黙を守っていた妖艶な美女、ベルタが漁夫の利を得て嫣然《えんぜん》と嗤った。中性的なクシアドラ、幼いメリルとは好対照な色香の高さ。折れそうに細いスレンダーな肢体は牝のフェロモンに満ちていた。

勝ち誇って微笑むベルタに、クシアドラも釈然としないもやもやとしたものを感じずにはいられない。

「なんだかうまく乗せられたような……」

いやいや、とクシアドラは頭を振って気を取り直した。

たとえどんな思惑があったにせよ、先陣の栄を賜ったのは自分なのだ。

勝利の誉を勝ち取れば、必ずやトリアステラ様からご褒美を頂戴できるはず。

「必ずやお姉様に勝利を」

「期待しているわ。できるかぎり惨《むご》たらしく殺してやりなさい。二度と歯向かおうなどと思わぬほどに」

「御意」

クシアドラは配下の兵を召集して号令を発した。

「者ども、鬨《とき》の声を上げげろ！　小生意気な人間どもを蹂躙するのだ！」

ボリシア鉱山を目指すクラッツとちょうどすれ違う形で、妖魔の集団が進軍していく。

城壁の物見台からその姿を確認されるまでには、なお半日の時間が必要であった。

◆ ◆ ◆

「来た。本当に来やがったよ……」

続々と姿を現す妖魔の軍勢に、ベルナールはがりがりと頭を掻いた。

予想していたとはいえ、実際にクラッツが不在のときにやってこられるとプレッシャーが段違いである。

「思ったほどではないな。多くても三千というところか」

平然として不敵に嗤うフリッガの姿は、さすがは白髪の戦乙女《スノーホワイト・ワルキューレ》に相応しいものであった。

臆するところなど微塵もなく、ただ戦意に満ちている。

表情を見ているだけで、こちらも勇気が湧いてくるようだった。

(これが英雄のカリスマというやつか)

「傭兵と監視部隊は防戦に徹せよ。クラッツが来るまで守り抜くことだけを優先するのじゃ」

なかなかどうして、ルナリアもフリッガに劣らなかった。

前線で戦う武力ではフリッガには敵わないかもしれないが、こうして兵を叱咤《しった》する様は堂に入っていて安心感があった。

「ジルベールは村の若い衆を集めて待機せよ。火矢や投石があるかもしれん。女子供は地下に隠せ！」

「御意」

ナラクの村もそうだが、長年妖魔の襲撃に怯えていたバシュタールの村には、身を隠すための地下室が設置されている。

妖魔に襲撃された際は、巧妙に隠ぺいされたそこで数日間身を隠し、命を繋げてきたのであった。

「ふん、フリッガ殿ばかりが女将でないことを教えてやるぞ」

「言ったな？　白髪の戦乙女《スノーホワイト・ワルキューレ》の二つ名は伊達《だて》ではないぞ？」

からかうように微笑むフリッガに、ルナリアは傲然と胸を反らした。

「王国の剣ロズベルグの一番弟子とて、白髪の戦乙女《スノーホワイト・ワルキューレ》に劣らぬことを証明してやろう」

ズイ、とルナリアは城壁の壁に足をかけて身を乗り出した。

そして小柄な身長には不釣り合いな、無骨で長大な剣を鞘から抜く。

一目見ただけでわかる凄絶《せいぜつ》な鬼気。

研ぎ澄まされた白銀の輝きに陽光が反射して、まるで光の柱が立ったようである。

尋常ではない魔力が剣を中心に放射されていた。

「炎の魔剣ゲルラッハの兄妹剣、魔剣ビスマルクの威力、とくと味わうがいい！」

イェルムガンド王国の至宝ゲルラッハと対をなすビスマルクは、本来王位継承者が所有する。

ルナリアは正式に立太子したわけではないが、バシュタールに旅立つ際に、クリストフェルからビスマルクを預けられたのである。

クリストフェルが事実上ルナリアを後継者と考えていることの証であった。

その威力は決してゲルラッハに劣らない。

魔剣ゲルラッハが千の雷を操るならば、ビスマルクは万の突風を操る戦略級の気象兵器なのだから。

「風よ我らが敵を吹き飛ばせ！　嵐陣《ストームサークル》！」

ビスマルクの切っ先から、およそ半径五百メートルほどの圧縮された空気の弾丸が放出された。

同時に、弾丸を囲むように空気の結界が発動。

結界に囲まれた密室のなかで、ダウンバースト現象のごとき暴風が吹き荒れた。

風速百メートルを超える突風は、容易く巨体の妖魔をも吹き飛ばす。

猛烈に加速した小石や木々の枝は凶悪な武器と化して、二足歩行の妖魔を無惨に切り刻んでいった。

結界の内に閉じ込められたおよそ一千の妖魔は、何も抵抗できないままに物言わぬ肉塊と化したのである。

たった一撃、魔剣の一振りで妖魔の軍勢は兵力の三分の一を失った。

「ばかな……人間にこんな真似ができるはずが……！」

クシアドラは呆然と独語する。

人間とは妖魔に蹂躙されるだけのか弱き種族ではなかったか。

群れて戦うしかない奴らに、まさかこれほどの個人戦闘力があろうとは。

不幸なことに、クシアドラを襲う惨劇はこのときまだ始まったばかりであった。

「あらら。これは私も負けてられないかな？」

文字通り、一騎当千を地《じ》で行く白髪の戦乙女《スノーホワイト・ワルキューレ》フリッガが、グリフォンのシュレックを駆り突撃を開始したのである。

「こ、怖えええええええええ！」

「旦那もとてつもねえ化け者だが、嫁も嫁だ！」

あまりに一方的な虐殺に、ベルナールとブリューノは股間が縮み上がるのを抑えることができなかった。

七十年前、バシュタールを潰滅させ王国を震撼させた妖魔である。

辺境で出没するような低級ではない。

人類共通の災厄にして宿敵、貴族級の妖魔が率いている軍なのである。

それがこうも容易く屠られるなど、傭兵稼業の長いベルナールですら想像もつかなかった。

その間にも風を切って加速したフリッガは、霊剣ムラサメの能力を解放した。

「光輝反射《ライトニングリフレクト》」

何十もの閃光が合わせ鏡で乱反射したかのような煌めきを発すると、そのたびに妖魔たちは光に貫かれて倒れ伏していく。

フリッガだけではなくシュレックもまた、巨大な爪とくちばしで次々と妖魔を血祭りに上げていった。

その常識外れの速度と突破力でフリッガが迫ると、ただでさえ混乱していた妖魔の軍勢は完全に恐慌に陥った。

彼らは人間を蹂躙しに来たのであって、彼ら自身が獲物として狩られるなど想像もしていなかったのだ。

「――そこまでだ！」

恐慌に陥った軍を立て直す手段はただひとつ。

指揮官が軍の先頭に立ち、その武と勇気を見せつけるしかないのである。

クシアドラは相対するフリッガを冷静に観察した。

妖魔に属すべきグリフォンを自在に操っていることも十分に驚くべきだが、その手にしている水の霊剣ムラサメが脅威であった。

この世界に魔剣は数あれど、全ては己の魔力を変換して使用するものである。

ただムラサメを含む四本の属性霊剣だけが、空気中から魔力を吸収して使用できるのだ。

それは無限に近い魔力回復力を持っているに等しかった。

（なぜ人間ごときがこれほどのアーティファクトを持っているんだ！）

理不尽な怒りにクシアドラは駆られる。

ムラサメほどのアーティファクトは、主人トリアステラでさえ持っていない。

「身の程を知れ！　人間が！」

クシアドラは鋼のように鍛え上げられた見事な体躯を躍らせた。

トリアステラの配下でクシアドラは白兵戦闘では他の追随を許さない。

一瞬のうちに肉薄したクシアドラの、岩をも砕きそうな蹴りがフリッガに命中した……と思われた瞬間、打ち砕かれたはずのフリッガの頭がグニャリと歪む。

「幻影かっ！」

「そのとおり。脳筋は楽でいいね」

もっともクラッツなら、幻影どころか本体周辺まで絨毯《じゅうたん》爆撃してくるだろうが。

「くそっ！」

死角から襲って来たフリッガの斬撃を、クシアドラは反射的に掴み取った。

たちまちポロリと指が斬り落とされるが、咄嗟の反応は決して無駄にはならなかった。

ほんのわずかな速度の遅れが、クシアドラに心臓を狙った斬撃をぎりぎりで避けさせたのである。

「ちっ！」

避けると同時に腰をひねったクシアドラのバックハンドブローが、フリッガの腹部を捉えた。

激しい衝撃で酸っぱい胃液が込み上げ、乙女の尊厳が危うくなるのを、かろうじてフリッガはこらえた。

白の鎧でなければ、この一発だけで戦闘不能になっていただろう。

再び幻影で距離を取り、クシアドラを見くびっていたことを認めた。

「いい鎧だね。決まったと思ったんだが」

「平気な顔で自分の指を落とすとは思わなくてね」

「ああ、これか？」

血で真っ赤に染まった指のない手を見て、クシアドラは薄く笑う。

「吸精鬼《ノスフェラトゥ》にとっては大した問題ではない」

クシアドラがそういうと、失くしたはずの指が植物が芽吹くかのように再生した。

そのころ、ルナリアとフリッガによって大きく数を減じた妖魔の軍勢は、およそ千余程度が城壁に到達しようとしていた。

「ようやっと出番か。姫様が全部終わらすんじゃないかと思ったぜ」

内心はどうあれ、ベルナールが陽気に叫ぶ。

「三千が千になってくれたんだから、ここでひと頑張りしなきゃ男じゃねえな」

ブリューノは大剣を背に豪快に笑った。

こうした明るさこそが傭兵たちの鬨の声だった。

幸い城壁の防御力は見た目以上に高い。

レッドアイベアのような巨大質量にもビクともしないし、ファイアフォックスの炎弾も弾き返す魔導防御力もあるようだ。

これなら三百程度の守備隊でも十分に防戦できるだろう。

再びフリッガとクシアドラが激突し、ルナリアが精鋭とともに斬り込みをかける。

そして先陣の苦戦を知って出陣したトリアステラが、本隊を率いて姿を見せた、その時。

——ゴガガガガガガガガッ！

耳をつんざく大音響とともに、地鳴りとも噴火ともつかぬ恐ろしく巨大な破壊音が轟き渡った。

◆　◆　◆

まだクシアドラの先遣部隊がバシュタールに姿を現す前のことである。

「ぐぎょっ、へぶろあっ！（餌みっけ！）」

「へぎゃっ、ふじこ！（ああ！　よくも兄さんを！）」

「もぎゅっ、のぴょぴょ！（てめえの血は何色だあああっ！）」

「ぎゃああすっ、がくっ（あああ、あなたああああっ！）」

「ごがああっ、がくっ（生まれ変わったらもう一度お前と……！）」

次から次と襲い来る妖魔をほとんど無意識のうちに蹴散らしつつ、クラッツはお目当てのボリシア鉱山のふもとへとたどりついた。

薙ぎ倒した妖魔の屍が、クラッツの走破してきた道に累々《るいるい》と横たわる様はいっそ哀れを誘うほどである。

人知れず、妖魔同士の哀しい恋と破滅の物語があったかもしれないが、それはクラッツの与《あずか》り知らぬところであった。

「思ったよりでかいな」

ボリシア鉱山は単体のひとつの山ではなく、大小六つの嶺で形成された山々の総称である。

妖魔の森に呑まれ、往時の繁栄は見る影もないが、大勢の鉱夫が寝泊まりしていたであろう宿舎の廃墟や、倉庫の跡があちらこちらに散乱していた。

かつては世界最大のミスリル鉱山であり、全盛期で五千人の鉱夫や付属の従業員がここで暮らしていたという。

そこで産出される莫大な富によってバシュタール辺境伯領は繁栄を謳歌し、もはや妖魔など恐れるに足らずという驕《おご》りを生んだ。

王国の精鋭と謳われたバシュタール辺境伯騎士団は、大侵攻の前にわずか一日と持たず潰滅したのである。

そして鉱山としての活動を止めたボリシア鉱山は、まるで眠ったような静寂に包まれていた。

『ほう、これは思った以上によい鉱山かもしれんな』

「どういうこと？」

『ふう……ミスリルは魔導と相性の良い鉱物で、魔導付与のような加工に向いておる。ゆえに鉱脈が強い魔力を帯びていることが多いのだ。このようにな』

言われてみれば、中腹から覗くいくつかの坑道から、強い魔力が漏れているのがわかった。

『……にしてもちょっと魔力が強すぎやせんか？　ミスリル程度で坑道からこれほど魔力が溢れるはずはないんじゃが……』

ベルンストは首をひねる。

確かにミスリルは魔力をよく通す物質だが、あくまでも通しやすいだけで、強く放射するほどには魔力を溜め込まないはずだ。

『まさか……スカーレットアダマントではあるまいな？』

「なんだい、そのスカーレットアダマントってのは」

聞き覚えのない名称に、クラッツは興味深そうにベルンストに尋ねた。

『東洋では緋緋色金《ヒヒイロカネ》などと呼ばれる究極の魔鋼だな。ミスリルのように魔導付与しやすいなどというレベルではない。魔導を蓄積し増幅する特質がある』

この世界では知られていないのだろうか？　ドルマント世界であれば、一振りの刀で城どころか小さな国が買えるほどの値がつくのだが。

『魔力の許容量も、ミスリルの比ではない。うまくすればお前用の武器が作れるかもしれんな……』

「本当かっ！」

これにはクラッツも激しく食いついた。

あまりに人並みはずれたクラッツの魔力の前には、魔剣ゲルラッハですら不足なのだ。

破城槌のような質量武器を膂力に任せて使ったものの、クラッツにも魔剣を振り回してみたいという欲求がある。

俄然やる気が湧いてきたクラッツであった。

『見たところ採掘はそれほど進んではいないようだ。魔力から察するに、鉱脈も十分に残されてておるだろう』

『ミスリルだけでも十分だが、もしも本当にスカーレットアダマントがあったならば、鍛冶師を集め極秘に開発させるべきだ。

もともとそれほど多く採れる鉱石ではない。あれほどの魔力でも、おそらくは数本の剣を打つのが精いっぱいのはず。

鉱山の採掘とミスリル製品の生産をどのように両立させるべきか。

ベルンストがバシュタール領の未来の経営についてまで思いを巡らせ始めたときである。

「よし、潰そう」

『はいっ？』

ベルンストにはクラッツの言っていることが理解できなかった。

ボリシア鉱山を開発すべく人手を集めるには、単にミスリルを輸出するだけでなく、製品の加工まで一貫した商品流通を押さえることが望ましい。

それがどうして潰そうという結論に至るのか。

クラッツは言葉通り、ボリシア鉱山を含む山そのものを潰すという意図で発言した。

穴倉をこつこつと掘り進んで開発するなど性に合わない。

いっそ更地のレベルまで鉱山を擦り潰せば、子供でもミスリル鉱石を拾えるではないか。

そうなれば人手の問題も解決できるし、スカーレットアダマントだって簡単に手に入る。

「あんまり力を入れすぎて吹き飛ばんようにしないとな……」

『ちょっ……待て、鉱山を採掘するにはちょうどよい魔導がだな！』

鉱脈そのものを探知して、無駄なく掘り進むことだってできるし、力業だがミスリルだけを抽出することも可能なのだ。

『わざわざ破壊する必要はない。いや、派手に視覚効果のある魔導だってちゃんとある！　むしろ使わせてくれ！』

残念なことに、ベルンストがクラッツに説明する暇はなかった。

「どらどらどらどらどらどらどらどらどらどら！」

思いきり跳躍した上空から、ちょうど山が内部に向かって崩れるように計算された衝撃波が地中を貫いていく。

そしてきめ細かに計算されたジャブの弾幕が、標高八百メートルほどのボリシア山を凹《おう》レンズのように掘り下げていった。

岩盤が砕け、山肌が崩れる。そして最後に、凹レンズのくぼみの中心に向かってクラッツはとどめの一撃を撃ち放った。

すると火山が噴火したような大音響がして、ボリシア山は放射状に砕け散ったのである。

ゴガガガガガガガガガガ！

幸か不幸か、ボリシア鉱山はトリアステラたちの本拠地に比較的近かった。

「こざかしい人間が……策を弄《ろう》して我が宮殿を狙ったか！」

ナラクの村に迫っていたトリアステラがそう思うのも無理はない。

かつてバシュタールの軍勢は数千を擁した。

しかし今では二人ほど手強い規格外がいるだけで、その軍勢は数百程度にすぎないという。

これはあまりに少なすぎる。残る数千は密かに本拠を目指したに違いない。

七十年前の基準で、トリアステラはそう信じたのだ。

——人間め！　人間め！　人間め！

トリアステラは唇を噛みしめ静かに怒り狂った。

貴族として君臨してこのかた、トリアステラは一度として人間に侮られたことはない。もちろん人間に出し抜かれたことも。

ただ搾取《さくしゅ》するための取るに足らぬ生き物、それが人間のはずだった。

大人しく蹂躙されるのなら、気が済めば解放してやるつもりだったが、もはや容赦せぬ。

誰が考えたか知らぬが、首謀者は地の果てまで追い詰めて、考えうる限りむごたらしく殺してやる。

「可愛い娘たちよ、すぐに助けに行くよ」

本拠地の宮殿には、トリアステラに仕える美しい少女のハーレムがある。

何より序列十三位の名誉ある伯爵が人間ごときに居城を落とされては、仲間の貴族に嘲笑《あざわら》われることはもちろん、魔王陛下に叱責を受ける可能性すらあった。

「クシアドラ！」

よく通る透き通った声でトリアステラは命じた。

「我らは本拠を守るために引き返す。決して追撃を許すな！　よいな？」

「お任せください。必ずや御身に勝利を」

そう言って、クシアドラは対峙するフリッガを睨みつけた。

フリッガの技量は認めよう。しかし、卑怯にもトリアステラ様を騙して背後を襲うとは。

人間ごときが、我が主をわずかでも穢《けが》したことは絶対に許さない。

殿《しんがり》を任されたクシアドラは、先陣として突入した時以上の戦意を持って、フリッガに復讐の鉄槌を下すと誓った。

人間に負けるなどとは露ほども考えていない。

いまだ手元には千余の手勢が残されており、敵には三百ほどの兵しかいないのである。

目の前のフリッガを倒せば簡単に攻略できるだろう。

いささかルナリアを甘く見過ぎているが、クシアドラの予想はそれほど間違っているわけでもなかった。

白髪の戦乙女《スノーホワイト・ワルキューレ》が敗れれば、バシュタール軍の士気が崩壊することは明らかだからだ。

「その首、もらいうける！」

「こっちの台詞よ。ご主人様に褒められるためのプレゼントになりなさい！」

「お姉様に可愛がっていただくのは私だ！」

お互いに甘い勝利の褒美を期待して、クシアドラとフリッガは再び激突した。

身体能力は妖魔のクシアドラがフリッガを上回る。

滑るように空中を移動して間合いを詰めるクシアドラに対し、これまた絶妙の機動で呼吸を合わせたフリッガとシュレックも負けてはいない。

まさに人馬一体ならぬ人グリフォン一体といったところか。

クシアドラの力任せの斬撃をムラサメで斜めに受け流すと、それを待っていたかのようにクシアドラの左手の拳が唸りを上げた。

「それはさっき見たわ」

懐に飛び込んでのバックハンドブロー。

二度も同じ手を食うほどフリッガは愚かな剣士ではない。

剣の柄《つか》の部分で拳を弾くと、そのまま振り返りもせずに勘だけで剣の手首を返す。

「ちぃっ！」

弾かれたクシアドラの右腕を、フリッガの剣が下から斬り上げるようにして捉えた。

上腕部の表面をかすめただけに見えたその一撃は、驚くべき切れ味でクシアドラの右腕を宙へ飛ばす。

水の霊剣であるムラサメだからこそ為し得るキレであった。

「……驚いた。厄介な剣だね」

クシアドラは軽く目を見張り本気で驚愕していた。

触れただけで真っ二つにしてしまう魔剣の逸話は多いが、本当にそんな切れ味のある魔剣など皆無に等しい。

魔剣ゲルラッハにすらそんなことはできないであろう。

それはアーティファクト級の防具を持たないクシアドラにとって、ムラサメをまともに受け止めることはできないことを意味していた。

「ま、それだけだが」

そう言ってクシアドラは再び右腕を再生しようとして愕然とした。

「何ぃっ?」

再生できない。

斬り落とされた断面に強い違和感がある。

その違和感こそが再生を妨げていることにクシアドラは気づいた。

「残念だったな。いつまでも再生されてはきりがないので邪魔させてもらったぞ」

「くっ……！」

いつの間にか水の魔力の浸透を許してしまい、クシアドラの魔力と水の魔力が反発して再生がうまくいかない。

フリッガという雄敵を相手に、片腕で戦うというのはいかにも不利である。

クシアドラの背中に冷たいものが流れ始めた。

「くそっ！」

こんなはずはない。こんなはずはないのだ。

たかが人間ごときに、妖魔の貴族ともあろう自分が翻弄《ほんろう》されるなどあってよいはずがない。

「人間めえええええええええええっ！」

激痛をものともせず、クシアドラは咆哮した。

たとえ片腕であろうと妖魔は決して人間などに負けはしない。

それを証明するべく、クシアドラは全身に力を込めてフリッガへと跳躍した。

◆　◆　◆

フリッガとクシアドラが死戦しているころ、ルナリアも負けじと戦っていた。

クシアドラの指揮を失って妖魔の軍団は統率を失い、ただ数に任せて突撃を繰り返す。

城壁ではベルナールが傭兵の長い経験を生かして、冷静に防御を遂行していた。

あとは妖魔を分断し、突出点を蹂躙して士気を打ち砕けば、クシアドラなき妖魔は崩れるしかない。

「妾も少しいいところを見せておかなくてはな！」

ルナリアはルナリアで、あとでクラッツに自慢する気満々であった。

「姫さん、一人で突っ込まないでくだせえ！」

ブリューノがルナリアの背中を守るようにして右後方からなんとか追随しているが、すでに疲労の色が濃い。

彼は腕のよい傭兵だが、ルナリアのように規格外の魔剣など持っていないのだから当然であった。

「渦巻き穿《うが》て！　ビスマルク！」

そんなことはどこ吹く風、とルナリアは、大きくビスマルクを振りかぶった。

大技を使うほどの魔力は残っていないが、目前のトロールを穴だらけにする程度は造作もない。

「ぎょぴえええええええっ！」

衝撃波の余波を食らった後続のトロールが数体、巻きぞえになって引きちぎられるようにバラバラにされた。

無惨な死にぶりに、もっとも数の多い軽量な妖魔たちに動揺が広がる。

もちろんそのことに気づかぬルナリアではなかった。

戦の空気を肌で知るブリューノも、戦の流れが変わっていくのをはっきりと感じていた。

防御から攻撃へ、そして狩られる者から狩る者へ。

「てめえらっ！　ここが勝負だ！　姫さんに続け！」

「うおおおおおおおっ！」

気合いに押されるようにして、妖魔たちが敗走を開始した。

背中を見せて逃げ始める妖魔を追って、ベルナールたちもまた追撃を開始する。

「殺せ！　一体でも多く数を減らせ！」

数において圧倒的に勝る妖魔を、減らせるうちに減らしておくのは必須である。

先頭を走るルナリアは当たるを幸いビスマルクを振るい、百以上の妖魔を屠った。

「……まだまだロズベルグには及ばないわね」

ルナリアの師である王国の剣ならば、とうの昔に妖魔を全滅させていたはずである。

遠い実力の壁にルナリアは軽くため息を漏らすのであった。

ほとんど抵抗らしい抵抗もできず狩られていく妖魔たち。

それを立て直すことのできるたった一人の人物は、白髪の戦乙女《スノーホワイト・ワルキューレ》の猛攻を前に歯噛みした。

「残念だったな。私たちの勝ちだ」

もう今からクシアドラが向かっても間に合わない。

士気を喪失して敗走を始めた軍を、すぐに立ち直らせるなどどんな名将にもできはしない。

できるとすればせめて被害を最小限にとどめ、退却してから再編することだけだ。

「おのれ！　おのれ！　おのれええええええ！」

見せつけられる配下の敗北、煮えたぎるような憤怒《ふんぬ》に身を焦がしながらも、劣勢を強いられている自分にクシアドラは赫怒《かくど》した。

片手で渡り合えるほどフリッガは甘い相手ではない。

いつでも再生できるというたった一度、たった一度の油断が、クシアドラを取り返しのつかぬ劣勢へと追いやっていた。

ムラサメを受け止められぬ以上は避けるしかない。

これまで再生というアドバンテージを強みにして、怪我を顧《かえり》みない吶喊《とっかん》で戦闘してきたクシアドラにとって、フリッガとの戦いはストレス以外の何物でもなかった。

普段より余裕を持って避け、相討ちの可能性を排除し、安全策で戦う。

そんな慣れない戦い方で傷を負わせられるほどフリッガの武は甘くない。

ただひとつクシアドラに勝ち目があるとすれば、上回っている体力でフリッガの消耗を待つことだけであった。

しかしそんな悠長なことを言っていては配下の妖魔は潰滅し、敵はトリアステラ様の後を追うだろう。

殿を命じられたにもかかわらず、その任を全うできない。

それだけは断じて避けなければならなかった。

つっと距離を取り、クシアドラの姿勢が明らかに攻撃的な前傾姿勢となったことにフリッガは気づいた。

「ほう……死中に活を求める、か」

死を覚悟したクシアドラの気配にフリッガもまた警戒を強める。

片手というハンデを背負ってなお、クシアドラは致命的な隙を見せていない。

それはとりもなおさず、身体能力においてクシアドラがフリッガを上回っていることを意味していた。

そのクシアドラが後先を考えず一か八かの賭けに出たならば、フリッガといえどもひとつ間違えば命がない。

「死ねえええええええええええっ！」

引き絞られた弓から放たれた矢のように、ぐっと上半身を地面に沈みこませたクシアドラが一陣の風と化した。

今日初めて見せる最大最速の吶喊であった。

しかしフリッガは棒立ちで何の反応もしない。

それが何を意味するかをクシアドラは正確に洞察した。

「また幻影とは！　この私に同じ手が何度も通用すると思うな！」

妖魔であるクシアドラは、嗅覚でも聴覚でも人間であるフリッガを遥かに上回る。

気配が背後に迫るのを察知して、クシアドラは獰猛に嗤った。

――所詮はいじましく姑息《こそく》な人間の仕業でしかなかったか。

一流同士の戦いにおいて、同じ手を使うことは失敗と同義である。

クシアドラはフリッガを強敵と評価していたが、それはムラサメの使い手としてであって、能力が劣る人間という考えまでは変えていなかった。

だからこそ、そこに悪意が隠されていることを見抜けなかった。

「もらったああああああっ！」

不可避の間合いに入ったことを確認して、クシアドラは渾身の回し蹴りを放つ。

下半身のひねりが十分に利いた足を跳ね上げたそのとき、目も眩む太陽のごとき閃光がクシアドラを襲った。

「ぐがっ！」

なまじ視力がよいことが災いした。

フリッガが空気中の水をレンズにして集めた光の閃光は、クシアドラを一時的に盲目に陥れたのである。

咄嗟に目を押さえながらも、クシアドラは勘だけで蹴りを振り抜く。

しかしそこには、満を持してムラサメを正眼に構えるフリッガが待っていた。

――チンッ。

小さな金属音とともに、フリッガがムラサメを鞘へと収める。

同時にクシアドラの左足が膝の上から、まるで自分の意志かのように高く宙を舞った。

片手と片足を失ったクシアドラは、もはや体のバランスを保つことができず、支えを失った人形のようにどっと倒れた。

「――人間も馬鹿にしたものじゃないでしょう?」

「卑怯な……！」

正面から堂々と戦えば負けはしないのに！

クシアドラは屈辱と負けた悔しさでポロポロと涙を零した。

やれやれ、と困ったように肩をすくめたフリッガは手首を返してムラサメを振り上げる。

（ああ、トリアステラ様お許しください……）

そこでクシアドラの意識は暗い闇の底へと呑まれて消えた。

◆　◆　◆

――ちょうどそのころ。

ポイ。

ポイ。

ポポイ。

数メートルはありそうな巨岩を、クラッツが小石のように無造作に放り投げている。

「本当にこの辺なの？」

『この魔導の王に間違いなどありえぬ！』

強い魔力の反応に瓦礫《がれき》を漁るクラッツは、全速力で駆け戻る妖魔のことなど全く気にしていなかった。


――ヒュルルルルルルル。

「のわあああああっ！」

「どこだ？　どこから降ってきた？」

突如空から飛来した岩の塊に先頭の妖魔たちが無惨に潰されると、トリアステラに先行していたメリルとベルタは惑乱した。

同時にボリシア鉱山が姿を消しているのが不審であった。

もしかしてあの轟音は敵の攻撃ではなく、ボリシア鉱山の噴火だったのだろうか。

しかし噴煙も見えないうえ、そもそもボリシア鉱山は火山などではない。

だがそうすると、何が起こったのか想像もつかない、というのが正直なところであった。

そこに来てこの岩の爆撃である。

やはり噴火だったのだろうか？　いや、噴石にしてはあまりに岩が巨大すぎる。

「なんだというのだっ！　いったい！」

やむを得ず岩の落下がやむまで、二人は全軍に停止を命じざるを得なかった。


「おっ？」

ひと際大きな黒く輝く鉱石を発見して、クラッツは思わず笑み崩れた。

素人目にも明らかに格の違う魔力の気配。

黒曜石のようにぬめぬめとした輝きを淡い魔力光が包む。

「これがスカーレットアダマントか？」

『うむ、間違いない。しかしこれほどの大きさのものは我も初めて見るぞ……』

予想以上の純度と大きさの鉱石が見つかったことで、ベルンストともあろう者が驚きを隠せなかった。

ドルマント世界では、ひとつの剣や杖を作るだけの少量が百年に一度見つかるかどうか。

もしかしてこの世界では珍しくないものなのか？　とベルンストが疑ってしまったのも無理からぬ話であった。

極限まで圧縮されたそれは、ありえない純度である。

ベルンストなら、このまま製錬することなく直接加工することもできるだろう。

『お前、魔力はどれくらい回復している？』

「ま、三割ってとこかな」

規格外の魔力を誇るクラッツは、あまりに大きな魔力ゆえに一度空《から》になると回復に時間がかかるらしい。

それでも、並みの魔導士の数十倍の早さであったが。

『……脳筋のお前にピッタリな剣を作ってやる』

ベルンストは知的探求を至上命題とする魔導士らしい好奇心で、スカーレットアダマントの塊を見つめた。

「また調子に乗って俺がひっくり返らないように注意してくれよ？」

まだクラッツに術式に必要な魔力量を量るほどの技量はない。

ほとんどベルンストのいいなりに魔導を使っているだけに不測の事態は避けたかった。

今のように敵中のまっただなかにいる場合は特に、だ。

『大丈夫、大丈夫じゃ。この魔導の王が失敗を繰り返すことなどありえぬ……たぶん』

「おそろしく不吉な独り言を聞いた気がしたが？」

『空耳《そらみみ》じゃろう』

まだ不満そうなクラッツを無視して、ベルンストは久しぶりの錬製に興奮を隠せずにいた。

『スカーレットアダマントを錬製するなど、数千年以上の時を生きる我でさえようやく三度め、しかもこれほどの量となると初めてじゃわい』

愛用していた魔導杖バルマーを錬製したのは、果たして何年前のことか。

『くくく……どうしてくれよう』

スカーレットアダマントは魔力を蓄積、増幅するという特徴を持っているが、錬製次第では増幅を逆のベクトルに向けることもできる。

それがクラッツの規格外の魔力量と組み合わされれば、どうなるか考えただけでも恐ろしい。

正直ベルンストの美学には反するのだが、クラッツにとってはこのうえない武器になるはずだった。

『クラッツ、お前が思い描く最強の武器を思い浮かべよ！』

「お、おう……」

『星間の果て、凍《い》てつく時の狭間《はざま》、悠久を支配する万物の王が命ず！』

「星間の果て、凍てつく時の狭間、悠久を支配する万物の王が命ず！」

『我が魂の友、全てを切裂く無二の刃よ、在れ！』

「我が魂の友、全てを切裂く無二の刃よ、在れ！」

思い描くものは剣。

養父ケンプが話してくれたおとぎ話の竜殺し。

クラッツの記憶は、まだケンプの膝の上にあった幼年期へと飛ぶ。


「――タクナトスの竜を前に勇者は叫んだ。暴竜よ、汝の命は我が手にあり！　その手に光るは世にも聞こえた聖剣ウォークライ」

「ウォークライ？」

「勇者だけが使うことができる馬鹿でかい聖剣で、勇者の故郷サリミエントで大きな岩に刺さってたんだ。それを抜くことができた奴が勇者だって伝説とともにな」

「お父さんの剣より大きい？」

「俺の大剣もでかいほうだが、比較にならんな。聖剣ウォークライは人の肩幅より広い幅があり、人の頭より太い厚みがあり、槍よりも長い。そんな化け物みたいな剣だからよ」


ちなみに、槍の一般的な長さは二・五メートルである。

伝説の悪竜をただの一撃で屠《ほふ》る剣。勇者の人生とともにあり、その死とともに錆《さ》びて折れた哀しき聖剣ウォークライ。

明確なイメージがクラッツの脳裏で像を結んだところを見計らってベルンストは叫ぶ。

『――錬製！』

「――錬製！」

くらり、と目眩《めまい》がクラッツを襲った。

予想した以上の魔力が体からごっそり奪われていったのを、クラッツは全身を襲う倦怠感とともに自覚した。

しかしそれと引き換えにしても余りあるものが、クラッツの眼前にある。

聖剣というには禍々《まがまが》しい。

白銀に光り輝く騎士剣とは違い、まるで黒曜石のように黒光りして不吉だ。

そして剣と呼ぶにはあまりに巨大で無骨な形。

人ではなく、サイクロプスが使う打撃武器と言われたほうが信じられるほどの大きさである。

そもそも、誰が一トン近い重量の金属塊を扱えるなどと思うだろう。

しかしそれは、確かに幼い日のクラッツが思い描いた最強の聖剣そのものであった。

『どうじゃ？』

「おみそれしたよ。今回ばかりは本当に魔導に脱帽さ」

『うむ、うむ！　そうか！　そうであろう！』

ほとんど初めてのクラッツの手放しの称賛《しょうさん》に、ベルンストもおおいに相好《そうごう》を崩した。

ようやくこの脳筋も魔導の偉大さを理解したのだ。

「……よっ、と」

ずしり、と手のひらに感じる重さが、途轍《とてつ》もなく手になじむ。

まるで幼いころからずっとこの剣を振るっていたような不思議な感覚がした。

傍から見れば冗談にしか見えないだろう。

身長二メートルを超えるクラッツの巨体をさらに超える馬鹿げた長さ。

持ち上げて上段に構えればその高さは四メートルを超え、太い竜の首でも間違いなく両断するはずであった。

「竜殺しの聖剣、ウォークライ、か……」

思えば遠くへ来たものだ。

今のクラッツの力はかつて憧れていた勇者すら上回る。

それでもなお、憧れた強さの具象を手にした喜びは決して色あせることはない。

湧き上がる喜悦の衝動とともに、クラッツは剣を振るった。

ブン、という鈍い風音がして砂塵が舞う。

触ったか触らないかほどの手ごたえで巨大な岩が割れ、ひょいとすくい上げれば大地に地割れが走ったかのような亀裂を刻んだ。

拳で破壊するときには感じられなかった静謐《せいひつ》な感覚。

とにかく力でぶち壊すのではなく、最小限の力でなんでも両断していくのが楽しくなって、クラッツは剣を振り続けた。

『こらっ！　いつまでやっとるか！』

「おもしれえ！　剣にとりつかれた狂戦士《ベルセルク》ってのも、案外こんな気持ちだったのかな？」

クラッツは気づいていなかったが、無意識のうちに近づいていた妖魔を斬りまくり、いつのまにか一個中隊全滅させていた。

「げぺっ？（なにがあったの）」

「どぼらっ！（もしかして出落ち）」

「ぼごぼごっ！（どうして俺たちこんなんばっかりなんですかねえ……）」

「ピコーン！（立った！　フラグが立った！）」

意識されることもなくあの世に送られた妖魔にしてみれば、たまったものではなかった。

「どうした？　何を止まっている？」

「さきほどの飛んできた岩の原因はまだわからんのか？」

ようやく混乱を収拾し進軍を再開したメリルとベルタの部隊が到着したのはそのときであった。

「さて、やるかい？　おふたりさん」

ゆっくりとクラッツが剣を構えて振り返った。

その非常識な光景に、二人は息を呑む。

それは剣というにはあまりにも大きすぎた。大きく、ぶ厚く、重く、そして大雑把すぎた。

およそ二メートルほどの見上げるような長さである。

しかもシミターのように研ぎ澄まされてはおらず、まるで打撃武器のように分厚い。

そして横幅も男の肩幅ほどはあり、およそ七十センチはあるだろう。

どう見ても人間が扱いうる代物《しろもの》ではありえなかった。

もしあの剣で斬られたら、いかに上級妖魔もメリルとベルタであっても即死は免れないのは明らかであった。

「……な、なにをしている！　押し包んで殺してしまえ！」

ベルタは震える声を推して部下の妖魔に命令を下した。

第六感が告げている。

あれはやばい。たかが人間のはずだが、あれは絶対にやばい。

主であるトリアステラに対しても感じたことのない原初的な恐怖であった。

しかしメリルはベルタほどには勘が鋭くなかったらしい。

「調子に乗るなあああああっ！」

ピンク色の髪に、人間であれば十代前半の可愛らしい容姿。それと反比例するかのようにメリルは残虐性を有する。

疾風を思わせる速度と、鋭利な刃よりも切れ味の鋭い爪を武器に、相手を切り刻むのがメリルの戦い方であった。

並みの人間ならそよ風としか知覚できない速さをもって、メリルはクラッツに肉薄しようとした。

その瞬間、生存本能がけたたましい警告を発してメリルの両足にブレーキをかけさせる。

突然の急激な制動に足首と膝が悲鳴を上げるが、それを自覚する暇もなくソレはやってきた。

風圧だけで、メリルの小柄な身体が吹き飛ばされて宙に舞う。

メリルの速度が疾風なら、ソレは雷だった。

クラッツが腰を切ると同時に、巨大な剣が一条の閃光となって旋回した。

剣の全長は二メートル強、クラッツの太い腕の長さを足してもせいぜい四メートルを超える程度であろう。

しかし現実には半径十メートルの妖魔が身体を両断され、十五メートル以内では何らかの重傷を負い、およそ五十メートルにわたって薙ぎ倒されていた。

後ろから押し出された妖魔が再び殺到するが、一振り、二振りするたびに妖魔の醜悪なオブジェが積み重なっていく。

かろうじて命まではとられなかったが、目の前でクラッツの斬撃を目撃したメリルは、恐怖に膝をガクガクと震わせて座り込んでしまった。

――絶対に勝てない。

技量においても、感情においても、本能においても、嫌と言うほどメリルはそのことを自覚した。させられたと言ってよい。

これほどの恐怖は、トリアステラの供をして魔王陛下に拝謁《はいえつ》して以来のこと。

それは後方からの魔導戦を得意とするベルタも同じ思いであった。

得意とする炎の魔導を放った瞬間、魔導ごと真っ二つにされている自分の姿しか想像できなかった。

足がすくんで動かない。からからに乾いた喉では、もう配下の妖魔に命令すらできずにいた。

「――何をやっているの？」

鈴が鳴るような美声でありながら、容赦のない凍るような叱咤の声が二人の耳を打った。

トリアステラは不快の極致にいる。

それも当然、ただただ蹂躙すべき人間に一杯食わされ、せっかく軍を発したにもかかわらず、なんら得ることなく引き返すこととなったのだ。

それだけでも業腹《ごうはら》であるのに、腹心の配下であるメリルとベルタが人間を相手に手間取っているという。

七十年前の大侵攻ではありえなかった事態の連続に、トリアステラはこめかみに青筋を浮かべてクラッツを睨みつけた。

「お、お姉様……これにはわけが……」

「その人間は危険です！　迂闊に近づいてはお姉様でも……！」

「分をわきまえよっ！　下郎！」

トリアステラの一喝とともに、強力な魔力が放射され、そのエネルギーの余波で近くにいた運の悪い妖魔が吹き飛んだ。

物質化するほどに濃厚で鋭利な殺気と魔力である。

これほどに怒り狂ったトリアステラをメリルもベルタも見たことがなかった。

だが――。

「痴女《ちじょ》か」

『うむ、痴女だな』

「誰が痴女かあああああああああああああっ！」

「どう見ても痴女だろ」

『どこからどう見ても痴女だな』

「き、貴様あああああああっ！　絶対に許さん！」

クラッツとベルンストがそう思うのも無理はなかった。

絶世と言ってもよい美貌ではある。

流れるようなプラチナブロンドの髪、瞳は黒曜石のように煌めき、スラリと伸びた肢体は造形神の寵愛を受けたかのように整いつくしていた。

西瓜《すいか》のように大きな乳房は、それでも張りを失わずに、重力に逆らって蕾《つぼみ》を天に向けていた。

細くびれた腰から、なだらかな曲線を描いて蠱惑《こわく》的《てき》な魅力を放つお尻へと向かうラインは、男性ならば誰もが欲望の視線を送るであろう。

やや釣り目がちな切れ長の瞳にすっと通った鼻筋。小ぶりで真っ赤な唇はよく熟《う》れたさくらんぼを思わせた。

清楚でいながら満開に咲き誇る大輪の華のような美女――ただ残念なことに、身に付けたコスチュームが全てを台無しにしていた。

艶やかにフェロモンを撒き散らす滑らかな肌を覆うものは、漆黒の煽情《せんじょう》的なマイクロビキニらしき布切れのみ。

もちろんお尻は紐《ひも》で丸出しである。

コーネリアが見たら嫉妬で暴れ出しそうな深い深い胸の谷間からは、今にも魅惑の蕾が零れ落ちそうである。

これを痴女と呼ばずしてなんと呼ぼう。

「いくら美人でもそんな格好をしていたら男にはモテまい」

実にもったいないことだ、とクラッツはコーネリアに聞かれたら即座に拷問されそうな感想を零した。

「わわわ、わたしがモテないわけないでしょう！　処女を賭けてもいいわよ！」

「お姉様、お姉様、それ自爆です……」

「彼氏いない歴＝年齢だなんて、お姉様可哀そう……」

「あんたたち！　あとでお仕置きするからね！」

コンプレックスを嫌というほど抉《えぐ》られ、トリアステラは心の底から絶叫した。

自分だってこんなことをしたくはないが仕方ないのだ。

吸精鬼《ノスフェラトゥ》という種族は、その能力の関係上、人間に非常によく似た外見をしている。

それは逆にいえば、妖魔の美的感覚からすれば醜女《しこめ》以外の何者でもないのであった。

「私だってモテたかったわよ！　夜会で公爵様や魔王様とダンス踊ったり、デートして淑女のように優しく扱われたりしたかったわよ！」

容姿が醜いと判断されるならセックスアピールをするしかないではないか。

「……私は止めましたよ？」

「やりすぎは逆効果かと……」

「うるさい！　うるさい！　うるさい！」

「要するにアレか？　モテない女の見当はずれな自爆だと？」

『なんという残念美女』

「誰がモテない女だああああっ！」

トリアステラの両手に莫大な魔力が集中した。

その桁違いの魔力量にメリルとベルタは悲鳴を上げて飛びしさる。

下手をすれば味方ごと巻き込んでしまうほどの大規模対軍魔導、ガリーシャの炎輪。

完全に正気を失ったトリアステラは、自重という言葉を忘れた。

「死ねええええええっ！」

まさに太陽のような灼熱の輝きとともに放たれたガリーシャの炎輪を、クラッツは顔色ひとつ変えずに正拳の弾幕で迎え撃つ。

音速を遥かに超える拳の弾幕による衝撃波は、小さな太陽のような熱の塊の軌道を逸らし、見事上空へと撃ち上げることに成功した。

上空で爆発したガリーシャの炎輪が、ちりちりと火傷するような熱風を撒き散らす。

万が一直撃していたら、クラッツの身体でも蒸発は免れなかったであろう。

「ちっ！　忌々しい人間め。大人しく塵になっていればよいものを」

「黙ってやられる義理はないだろう？」

「ふん、人間ごときにこの術を使うのはもったいないが、身の程を教えるにはやむを得んか」

『い、いかん！　クラッツ！　あの女の目を見るな！』

吸精鬼《ノスフェラトゥ》にとって最大の武器は、身体能力でも魔力でもない。

生物の本能に働きかける魅了こそが、何よりも強力な武器であった。

そして大抵の攻撃魔導は肉体言語でどうにかするクラッツだが、こうした精神攻撃に対する防御力は無いに等しい。

クラリ、とクラッツの脳筋精神にピンク色の霞がかかる。

『急げ！　あの視線ごとぶったぎれ！』

「うおおおおおおおおおおおおっ！」

「ちょ、何をする気だ？」

第六感で、トリアステラは生命の危機を直感した。

刹那、精神への浸食を許し手加減の余裕をなくしたクラッツが、初めて本気の斬撃を解き放った。

不可視の空間が断裂する音とともに、大地が割れ、咄嗟に回避したにもかかわらずトリアステラの右手と右足が切り裂かれる。

斬撃の衝撃波はおよそ数十メートルの巨大な谷間を大地に刻印して、その勢いのまま数十キロ離れたトリアステラの居城を土台から破壊した。

冗談のような光景を、トリアステラは間が抜けたように口を開いて呆然と見つめるしかなかった。

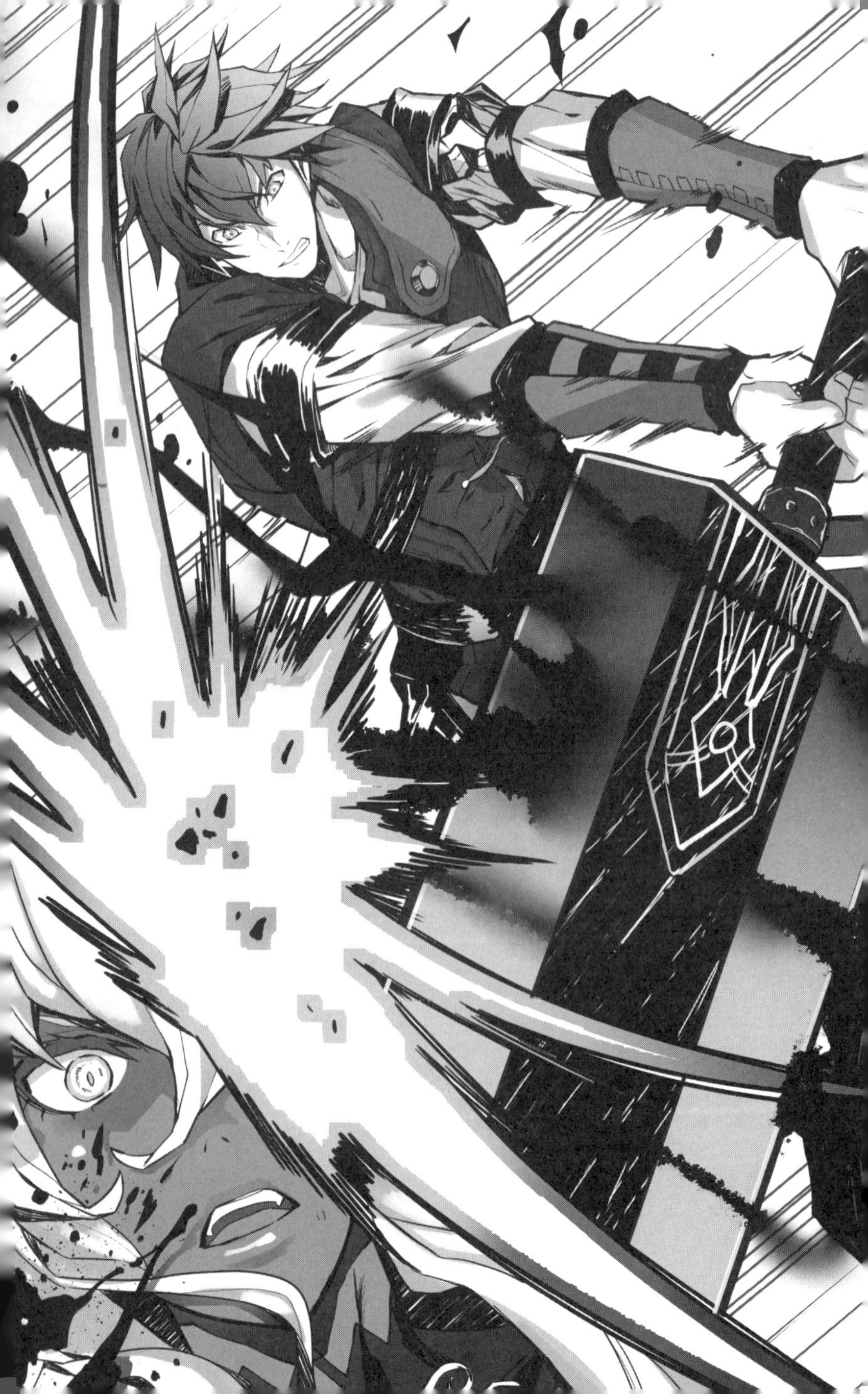

剣と膂力だけで地形ごと変えてしまうような破壊力を生み出すのは、たとえ魔王であっても不可能なはずであった。

一瞬で手足を再生させたトリアステラは、己の死への恐怖も忘れてクラッツの足元へ身体を投げ出して言った。

「生まれる前から愛してましたああああああっ！」

妖魔にとって、もっとも大切な評価の基準は強さである。強さなくして妖魔社会のヒエラルキーは語れない。

それもできれば、目に見えるわかりやすい強さであることが望ましかった。

トリアステラの力は序列では、本来もっと上位であってもおかしくないのだが、妖魔にとって魅了という力は評価される要素ではないのである。

しかも吸精鬼《ノスフェラトゥ》という種族は見た目が人間に近いせいか、美醜の感覚も妖魔というよりは人間に近い部分があった。

なかには本当に人間の妻になった吸精鬼《ノスフェラトゥ》も存在するという。

そうした観点から考えると、トリアステラにとってクラッツという人間はあまりに魅力的でありすぎた。

この男の精ならば、果たしてどんな歓喜をもたらしてくれるだろう？

矮小《わいしょう》な人間という偏見をなくしてみれば、クラッツが発した言葉もトリアステラにとって大きな意味を持ってくる。

『いくら美人でもそんな格好をしていたら男にはモテまい』

実のところトリアステラが美人と評されたのは、これが生まれて初めての経験であった。

改めてそれを自覚しただけで、あっけなくトリアステラの理性は臨界《りんかい》を突破したのである。

「こう見えて私は尽くす女なんです！　なんでもします！　どうです、私の身体、魅力ありませんか？」

トリアステラは前かがみになって、クラッツの大きな手でも掴みきれない巨大な魔乳を強調してみせた。

「魅力はあるかもしれないけど、痴女だし」

『痴女だしなあ……』

「だから無理しすぎって言ったのに」

呆れ気味のメリルに駄目出しをされて、トリアステラは羞恥と怒りで褐色の肌を赤く染めた。

「しょうがないでしょ？　私にはそれくらいしか勝負するものがないんだからっ！」

吸精鬼《ノスフェラトゥ》がセックスアピールをしなくて何をアピールするというのか。

ただでさえ妖魔の間では醜女として有名なトリアステラが、喪女らしいこじらせかたをしたのは誰も責められまい。

「あのさあ……」

クラッツはかく語った。

これみよがしに見せつけられたら男は引いてしまう生き物である。

隠されているから見たくなるのだ。

普段はガードの堅い女が、自分だけに見せてくれるから特別に思うのだ。

チラリズムこそ男の浪漫《ろまん》。

さらに恥ずかしがる女性が、それでも決心して見せてくれるからこそ愛おしい。

いやいや、自分の手で脱がせるというのも捨てがたいが……。

とにかく開き直って見せつけるのはいかん！

『引くわ～～』

ベルンストが思わずドン引きするほどの熱弁であった。

フリッガはともかく、コーネリアやルナリアにこの性癖を知られたら、クラッツもただでは済まないだろう。

あるいは逆に、もっとはまってしまうだろうか？

「――目が覚めました。これからはご主人様以外にこの玉の肌を見せたりいたしませんわ！」

「いや、いつの間にそんな話に……？」

ようやくクラッツが冷静になったときには、すでにトリアステラは新たな天命を受けたような感激の面持《おもも》ちであった。

彼女にとってクラッツは魔王に代わる主であり、その主が露出を控えろ、もっと自分を大事にしろ、と言ってくれたのだ。

夢見る乙女の表情《かお》でうっとりと頬を染めるトリアステラに、クラッツは自分が決定的なミスを犯したことをようやく自覚した。

『何を迷うことがある？　今のお前には得難い人材であろうが』

「そ、そうか？」

『このバシュタール開発には時間制限があることを忘れるな！　それにロクな家臣団もいないお前に、贅沢を言う余裕があるのか？』

確かにトリアステラの協力があれば、バシュタールの復興は加速度的に楽になるだろう。

何といっても今のバシュタールにはマンパワーが足りない。

猫の額のような人間の生息領域を、かつてのバシュタールと同じ広さに拡大するためには、今の百倍近い人口が必要だ。

もはやバシュタールは恐怖と不毛の大地ではないとの話が広まり、新天地を目指して人口が流入するまでには相当な時間がかかる。

トリアステラとその一党の武力や影響力を考えれば、今後役に立つことは間違いなかった。

「犬とお呼びください！　いえ、やはり犬よりは猫のほうが……あ、アビシニアンとか私大好きです！」

「――お前は何を言ってるんだ？」

順調に空回りするトリアステラを見て逆に落ちついたクラッツは、ベルンストの言うことにも一理あると考え始めていた。

いかにクラッツが無双の力を誇るといえども、万を超える有象無象を相手にしたり、ここまで広がってしまった妖魔の森を開拓したりするのは骨である（もちろん、できないとは言わない）。

それにストラスブール侯のような政敵を抱える立場としては、ここで妖魔と全面抗争を開始するのは避けたい。

トリアステラ程度の妖魔はまだまだいるであろうから。

クラッツはトリアステラが序列十三位であることを知らず、せいぜい上級の端にひっかかる程度であろうと考えていた。

「……配下の妖魔をまとめて、人間たちに手出しをさせないと誓えるか？」

「もちろんですわ！　ご主人様がお望みなら下級妖魔ごとき、根こそぎ吸いつくしてしまっても構いませんわ！」

力こそ正義の妖魔の社会では、下級妖魔は使い捨ての道具にすぎない。

中にはベルタのように少しずつ力をつけ中級に上がる者もいるが、そうした運や実力を含めて妖魔は弱肉強食を旨としているのである。

「――いいだろう、俺の役に立て」

「恐懼《きょうく》の極みにございますわ」

トリアステラは微笑みながら、小ぶりだが肉厚の唇を、真っ赤な舌でペロリと舐めた。

「とりあえずまともな服を着ろ」

「へぶろあっ！」

本人としては嫣然と決めたつもりであったらしいが、クラッツの冷静な突っ込みを受けて轟沈する。

「メリル、ベルタ、配下の連中を連れてしばらく北部に引っ込んでいなさい」

「ず、ずるいです！　お姉様が主と認めたからには、私たちにとってもご主人様です！」

「そうです！　独り占めはよくありません！」

「ああんっ？」

声を荒らげて唸り睨みつけるトリアステラに対し、メリルとベルタは涙目になりながらも憤然と抗議した。

「こんな極上の精気を持っている人を独り占めとか、いくらお姉様でも認められないです！」

吸精鬼《ノスフェラトゥ》にとって精気は食事である。

ある程度のレベルに達すると、精気の質にこだわるようになる。

精気の質が、吸精鬼《ノスフェラトゥ》の能力を左右するようになるからだ。

精気を生命力と言い換えてもよい。クラッツの莫大な生命力を得られるならば、いったいどれほどの能力の向上に繋がるか想像もつかなかった。

そんなクラッツを独り占めにされるのは、たとえ相手が主たるトリアステラであろうと許せることではない。

「こらこら、いくらなんでもいきなりお前らを連れていけるわけがないだろう？　七十年前の大侵攻を人間も忘れちゃいない。とりあえず俺の指示があるまで大人しくしてろ」

「そんな〜〜〜〜！」

「大人しくしていれば、少し精気を分けてやらんでもないぞ？」

「なんなりとお申し付けくださいっ！」

目を輝かせてハモらせる三人に呆れながらも、クラッツは新たな仲間を得たのであった。

◆　◆　◆

トリアステラは率いていた軍勢の半分を北部へ戻し、残る半分をボリシア鉱山周辺の森の伐採へと当てた。

今後のバシュタールの運営のために、一刻も早い鉱山の稼働が必要だからである。

山といっても今は小さな丘も同然に崩壊していて、大小の瓦礫が散らばっているのみ。うまく鉱脈をみつけられれば子供でもミスリルを採掘することが可能だろう。

あとは鉱山からナラクの村へ道を整備するだけだ。

「……まさか本気で山を砕いていたとは……」

果たしてどれほどの膂力があれば素手で山を破壊できるのだろうか？

「ううう……命が助かってよかったよおおお」

今さらながらにメリルは、自分の無謀に恐怖していた。

かろうじて勘が間にあってくれなければ、メリルの命はこの場にはなかっただろう。

そしてもうひとつ、トリアステラはクラッツに捧げるべきものがあった。

「ご主人様、我が城にある財宝も全てご主人様のものでございます」

「財宝？」

「これでも私は序列十三位の伯爵。それなりの財産はあります。使う機会もないので溜まる一方でしたけれど……」

「だってお姉様、宝石なんかより自分の身体のほうが色気があるって聞かないから……」

「いいからメリルは黙ってなさい！」

気を取り直したトリアステラはクラッツに媚びるようにしなだれかかる。

「黄金も宝石も、全てはご主人様の思いのままでございますわ」

事実百年以上にわたって溜められた財宝は驚くべき量で、下手に放出すればイェルムガンド王国の宝石相場が暴落しかねない。

経済を回すための現金が不足しているクラッツにとって、喉から手が出るほど欲しいものであった。

『どうだ？　やはり殺さずにおいてよかっただろう？』

ベルンストが得意気に話すのを、クラッツは苦々しく思いで聞いた。

「俺が考えてた問題はそういうことじゃねえよ……」

なんといってもトリアステラは大侵攻を仕掛けた張本人である。

しかも本人はクラッツの愛人になる気満々で、いつでもその妖艶な身体を差し出そうとするだろう。

もしそれを知られたときのコーネリアの反応を考えると、クラッツは背筋に氷柱《つらら》を差し込まれたように感じるのであった。

『……そろそろお前が女たちを従える時期だ。このまま尻に敷かれたままでよいのか？』

ベルンストの野望にとっても、このままクラッツが精神的にコーネリアの風下に立つことは弊害が大きい。

何かきっかけが必要であるとベルンストは考えていた。

「えええええええええええええええええええええっ！」

しかしそのとき、二人の会話を断ち切るようにトリアステラとメリル、ベルタの魂切《たまぎ》る悲鳴が響く。

彼らの眼前には、住み慣れた居城が、土台から切り裂かれた残骸となって無残な姿をさらしていたのである。

「いかん、城までぶったぎっちまったか……」

第三章

復興狂騒劇

The Heroic Saga of Almadianos
アルマディアノス英雄伝

「……もう、だめ、です……」

「吸精鬼《ノスフェラトゥ》のトップが三人がかりで勝てないなんて……」

「こ、こんなに気持ち良くなったの……生まれて初めてです……」

廃墟となった城のかろうじて無事だった一室で、三人が見事な裸身をさらして倒れていた。

いまだ冷めやらぬ官能の炎が、彼女たちの息を荒らげさせ、剥き出しの秘所からはこんこんと、液体がこぼれ落ちている。

情交の後らしい艶めかしいため息と、むせかえるような濃厚な性臭が立ちこめる。

男の欲望を手玉に取ることにかけては、天下一品の吸精鬼《ノスフェラトゥ》をあえなく返り討ちにしたクラッツはというと……。

「やっちまった……」

ひどくすっきりとした下半身を抱えて座り込んでいた。

筋肉は天下無双のクラッツだが、その根本的な精神部分はまだまだリビドー溢れる思春期の少年である。

ロリ体形、スレンダー、魔乳と三拍子揃った美女が精気を分けてくれとにじりよってくれば、それは若さゆえの過ちを犯したくなるというものであった。

理性が裸足で逃げ出したクラッツは、理性なき野獣と化してトリアステラたちを貪り食らった。

やるだけやらかしてから、この後ナラクの村に帰ったらどうしよう、と途方に暮れたのであった。

『ええいっ！　何を臆することがある！　強い男に女が集まるのは自然の道理であろう！』

「お前、それコーネリア義姉さんの前で言えるの？」

『生憎とこの身体は我のものではないのでな』

戦って負けるとは思わないが、ベルンストもコーネリアは苦手だ。

ベルンストが頼りにならないことを確認したクラッツは頭を抱えた。

「……こんなにされて……もうご主人様から離れられない……」

トロンと目を潤ませて、誰にともなくトリアステラは呟く。

吸精鬼《ノスフェラトゥ》にとって、身体を重ねることは肉体的な快感を得るのみならず、精気を吸い取る食事の代替行為でもある。

――今までの味覚が破壊されるほど、極上の甘露のような精気だった。

例えば、丹精を込めて飼育された牛からわずかしかとれないシャトーブリアンのように濃厚な旨みに満ち、松茸のように香り高く爽やかで、フグ刺しのように歯ごたえと甘味を感じるといえばわかるだろうか。

これほどの美味を肉体的快感とともに叩き込まれた彼女たちが、心の底からクラッツに隷属《れいぞく》してしまったのも無理からぬことかもしれなかった。

「なんだか、身体が生まれ変わっていくみたいだわ」

トリアステラが悩ましい妖艶な表情とともに呟いた感想は、あながち間違いではなかった。

規格外のクラッツの精気を吸収したことにより、彼女たちの身体はその力に相応しく作り替えられていたのである。

お腹の底から湧き上がってくるかつてない力を自覚したトリアステラは意気揚々とクラッツに向き直った。

「ご主人様――ひゃううんっ！」

背中を丸めて俯いたクラッツの口に、自慢の魔乳を差し出す格好になったトリアステラが甲高い嬌声《きょうせい》を上げる。

思春期の少年らしく、落ち込んではいても下半身が勝手に反応してしまうのだった。

「この乳が……この乳が理性を狂わせる……！」

「いやあああんっ！　ご主人様ったらああ！（してやったり）」

――気がつけば、太陽は真上近くにまで上がっている。

どうやらお昼まで第二回戦をハッスルしていたようだ。

やってしまった感が半端ではなかったが、もうクラッツも開き直ってしまう以外に術《すべ》がなかった。

「……どうか私をお連れくださいい。もう私はご主人様なしには生きていけません」

「あ、ずるいですお姉様！　私も！　私もご主人様といたいっ！」

「その……よろしければ私もお連れくださるとうれしいのですが……」

「とは言ってもなあ……」

トリアステラたちを連れて戻れないのは、ただコーネリアたちに浮気を追及されるのが恐ろしいというだけの理由ではない。

大侵攻で親兄弟を殺された領民の、恨みや恐怖を考えてのことであった。

「御心配はございません。ご主人様のお力をいただいた今、うっかりばれるような真似はいたしませんわ」

そう言うとトリアステラは低く呪文を唱えた。

眩い光がトリアステラを包んだかと思うと、妖魔の気配が完全に消え、ルナリアにも劣らぬ気品に満ちた美女が現れた。

「もともと吸精鬼《ノスフェラトゥ》は化けるのも得意ですし、ご主人様からいただいた力をもってすれば、妖魔だと気づかれる心配もありません」

確かに見事な穏形《おんぎょう》ぶりであった。

これならルナリアやフリッガが見ても、どこかの名家の令嬢としか思えぬだろう。妖魔特有の禍々しい妖気も感じないし、強者が否応なしに纏う威圧感もない。娼婦のような色香が漏れるのだけは種族的にやむを得まい。

「せっかくですし、人間としてもお名前をご主人様につけていただけないでしょうか？」

上級妖魔の貴族である地位を捨てて、クラッツに仕えるただの人間として生きていくことをトリアステラは望んだ。

序列十三位の格式も誇りも、トリアステラにとってなんら惜しいものではなかった。ただクラッツの傍に置いてもらえるならば。

「そうだな……では、ステーリアと」

「ステーリア……美しい響きですわ。ありがとうございますご主人様！」

「ちょちょ、私も！　ご主人様！　私の名前もおおおっ！」

置いて行かれてたまるものか、とメリルがクラッツの膝の上ににじりよった。

こちらはもともと幼かった容貌がさらに幼くなって、どこからどう見ても赤毛で笑顔の可愛い十代の少女である。

背徳感が込み上げてきて、クラッツは慌ててメリルから視線を逸らした。

「もうっ！　こっち見て！　ご主人様！」

「わかった！　今考えるからとりあえず服を着ろ！」

もちろん精神的に優位に立ったメリルがこの隙を逃すはずがなかった。

かろうじてわかる程度の胸のふくらみを押しつけて、悪戯っぽく微笑んでクラッツの耳にかじりつく。

「うふふ……ご主人様、メリルの魅力に感じちゃった?」

「調子に乗るな!」

力任せにメリルを引き剥がして、クラッツはかろうじて理性を取り戻した。

「お前の名前はメイリーンな」

「メイリーン……可愛い名前、うれしい!」

大きな瞳を輝かせてメリルはぴょんぴょんととび跳ねて喜びを露わにした。

「早く服を着ろってばよ!」

可愛いお尻がぷるぷると健康的に揺れるのを見せつけられるのは、精神衛生上著《いちじる》しくよろしくない。

もちろんメリルは計算でやっているのだから性質《たち》が悪かった。

どの次元の世界であっても、合法ロリほど厄介な存在はいないのである。

「その……私だけ仲間はずれ……いやです」

無下《むげ》に断れない理由で、切なそうに迫るベルタもメリルに負けず劣らずあざとかった。

ダイナマイトなトリアステラ、合法ロリのメリルに対して、ベルタはスレンダー。まるでエルフのような繊細さが美しい。

肉感的ではないが、実に男の庇護欲をそそった。

トリアステラやメリルほどの圧迫感を覚えないために、クラッツも自然ベルタに対しては警戒を解いてしまう。

しかしそれこそが既にベルタの術中にあると言えた。

（ふっふっふっ……計算通り！）

クラッツのように経験値の低い男性は、欲望丸出しに押されれば逆に引いてしまうものだ。

醜女として男に縁のない生活を送ってきたトリアステラやメリルには、そのあたりのことがわかっていない。

では同じく醜女扱いをされていたベルタがなぜわかるのかというと、そこは料理や話術で巧みに補い、それなりに恋愛を謳歌《おうか》していたからであった。

そうとは知らないトリアステラとメリルは、クラッツがベルタに自分たちには見せなかった柔らかな笑みを向けていることに嫉妬の炎を燃やす。

「べ、ベルタ、あなた……主の私を差し置いてぇえ！」

「お姉様すみません。私もご主人様のほうが大事ですから……」

あくまでも主人であるクラッツを立てるベルタは、ある意味三人のなかでもっともあざとい女であるかもしれなかった。

「ベルタはそうだな……ベアトリクスとするか」

「ベアトリクス……これが私とご主人様の新しい名《きずな》なのですね」

感極まったようにクラッツの肩にしなだれかかるベルタ。

「ああー！　抜け駆け禁止！」

「ご主人様！　私のことだけ見てよぉ！」

そのまま第三回戦に突入してしまったクラッツが、三人を連れて持てるだけの財宝とともにナラクの村へ旅立つのは翌朝のことだった。

◆　◆　◆

二日後、数年間は遊んで暮らせるだけの財宝を両手に抱えたクラッツが、ナラクの村へ帰還した。

せっかくの宝石や黄金を落とさないよう、往路ほどの速度を出すことができなかったため時間がかかったのだ。

「あまりご主人様に相応しい場所ではございませんわね」

鈴が鳴るような声でそう呟くと、女は美しく整った眉を顰《ひそ》める。

人間の姿に化けたトリアステラであった。

「……どう言い訳しよう」

化けているとはいえ、どうやって妖魔の領域から拾って来たのか納得のいく説明を求められることは確実である。

「おかえり！　クラッツ！」

城壁の上からコーネリアが大きく手を振り、フリッガはシュレックに跨ってクラッツに向かって空を駆った。

ルナリアも予想より遅いクラッツの帰還にホッと胸を撫で下ろしている。

もちろん妖魔ごときでどうにかなるとは思っていないが、やはり心配してしまうのが乙女というものなのだ。

「……誰？　あの女」

近づくにつれて、クラッツに必要以上にまとわりついている三人の女の姿が露わとなった。

しかも三人とも水準を遥かに超えた美女ばかりである。

ギリリ、と我知らず歯を食いしばったルナリアの背後で、呆然としたような呟きが聞こえた。

「トリアステラ様、何をしているのですか？……」

――そこには捕虜となって魔封じの鎖に繋がれた敗軍の将、クシアドラの姿があった。

その瞬間、時が止まったようにクラッツは感じた。

「ただいま」と言いかけたままクラッツの笑顔が引きつり、予定が根底から覆されたことを悟る。

うまく言い逃れできると考えていた自分が甘かった。

(どうしたらいい？　どうしたら……)

「どうしたのですトリアステラ様？　そんな人間の男などに……！」

「私のご主人様を侮辱するとひねるぞ雌豚」

「きゅううんっ！　お許しくださいませ、フリッガお姉様！」

ギロリとものすごい眼力で睨まれたクシアドラは、借りてきた猫のように委縮した。

「ちょっと、何よ！　私以外の女をお姉様だなんて！」

「ごめんなさいトリアステラ様、私は真実の愛に目覚めたのです」

ポッと頬を染めて俯くクシアドラだが、フリッガの目は極北の烈風のように冷ややかだった。

「黙れ、このマゾ豚が」

バッチン！

「きゃっひいいいいいいんっ！」

フリッガに尻を叩かれ、クシアドラは歓喜の悲鳴を上げる。

もともと妖魔は、自分より強い者に対して憧れや好意を抱きやすい。

クシアドラは一度死にかけたところを助けられたこともあって、潜在意識の奥深くまでフリッガへの好意が擦り込まれたらしかった。

「そんなことより、どういうことなのクラッツ？」

般若のような顔でトリアステラたちを睨みつけるコーネリアに、咄嗟にクラッツが取った行動は、勢いに任せた愛のゴリ押しであった。

「——愛してる義姉さん！」

「ふえっ？？？」

クラッツの巨体にすっぽりと身体を覆われてしまったコーネリアは、しばしことの成り行きがわからず呆然とした。

今までこんな白昼、ルナリアたちの見ている前でクラッツが行動に出ることはなかった。

「ぴぃっ！　しゅごいよマリーカちゃん！」

「……ごくり」

ルナリアだけではない。留守中の報告をしようとしていたクロデットとマリーカも、顔を赤らめマジマジと二人の痴態を見つめている。

そのことに気づいたコーネリアは、もはやトリアステラのことなど頭の中から綺麗さっぱり消え去っていた。

「ちょ、クラッツってば！　は、恥ずかしい……」

「むっは——！」

ごまかすための手段にすぎなかったのだが、いつもは強気で逆らえない義姉の乱れた姿に、

今度はクラッツのほうが夢中になった。

万力のような力でコーネリアを拘束し、有無を言わさずその唇を貪る。

すでに幾度かの情交を交わしている二人だけに、コーネリアは思わずそのままクラッツの舌を受け入れた。

「ぴぴぃっ！　マリーカちゃん！　舌が！　舌が！」

「……じゅるり」

「マリーカちゃん、涎《よだれ》、涎」

「はっ！　駄目よ！　クロデットにはまだ早すぎるわ！」

長い口づけのあと、コーネリアは酸欠にあえぐように荒い息を吐き出した。

瞳は焦点を失って宙を彷徨い、顔だけではなく全身が火照《ほて》っているのが傍目にも見て取れる。

このまま行くところまで行くのではないか、というクロデットとマリーカの期待をよそに、フリッガが爆発した。

「ずるいです！　私だって頑張って、この妖魔だって倒したし、順番だと思ってずっと我慢して待ってたのに……！」

するとクラッツは空いていた左手で、フリッガのしなやかに鍛え上げられた肢体を掻き抱く。

まだ呆然と意識を飛ばしているコーネリアの横で、クラッツはフリッガの頬に優しく口づけ、真っ赤になった耳に口を寄せた。

「俺もずっとフリッガのことを考えていたよ」

「くひぃいいいいんっ！」

耳元にクラッツの吐息を感じて、たまらずフリッガは上半身をよじらせる。

ついに待ちに待った時が来たのか、と否が応にも昂揚が高まっていく。

フリッガのおとがいを、クラッツの太い指がそっと捉える。

クラッツの大きな唇が、フリッガの清楚で瑞々《みずみず》しい唇を包み込んだ。

激しく絡み合う舌の熱さと、舌先から流し込まれる甘いような塩辛いような唾液の味に、フリッガは陶然と酔う。

長い長い口づけに鼻で息をするのも忘れ、酸欠と燃え上がる官能の甘い痺れにがっくりと崩れ落ちた。

クラッツはとどめとばかりに、少し意識を取り戻してきたコーネリアの唇に再び吸いつく。と同時にコンプレックスである薄い胸を優しく愛撫した。たちまちコーネリアは悶絶して失神してしまうのだった。

――そんな露出プレイとも羞恥プレイともつかぬ痴態を見せつけられ、ルナリアはたまったものではなかった。

「な、な、人前で何をやっておるのじゃあああああっ！」

男女の口づけを初めて見るほど初心《うぶ》ではないが、これほど刺激の強い濡れ場を見せられたのは初めてである。

いかに庶民派とはいえ、あくまでもルナリアは大国イェルムガンド王国の王女。その教育には非常に気を使われていたのであった。

もちろん専門の教育係から、男性の喜ばせ方や閨の作法なども教わったりしているから、決して無知というわけではない。

それでもなお、赤面してうろたえてしまう程度には乙女であった。

「ルナリア……」

獣欲を瞳に宿らせたクラッツの視線が自分のほうを向いているのをはっきりと自覚して、ルナリアは子供のように惑乱した。

「いいい、いやじゃ！　本当はいやなわけではないが、こんなムードもなくドラマチックでもないのはいやなのじゃあああああっ！」

言い捨てるや、ルナリアは脱兎《だっと》のごとくクラッツに背を向けて逃げ出した。

『やってみるものじゃろう？　吸精鬼《ノスフェラトゥ》の牝どもも少しは役に立ちおるわ』

悦に浸ったベルンストの声に、クラッツは乾いた笑みを返すだけだ。

実はクシアドラの一言で全ての予定が狂った瞬間、ベルンストはクラッツの耳にこう囁いた。

吸精鬼《ノスフェラトゥ》は特有のフェロモンで男を魅了するが、それだけで誘惑しているというわけではない。

よりよい精気を味わうためには男を限りなく深い快楽に落とす必要がある。

三人のなかでとりわけ、ベルタことベアトリクスはそうした吸精鬼《ノスフェラトゥ》の性技に長《た》けていて、存分にクラッツと情を交わし合った。

その際、クラッツも彼女たちの性技の一部を教授されていたのである。

ほとんど生娘《きむすめ》同然のコーネリアやフリッガではひとたまりもないのは当然だろう。

もともと体力でも戦闘力でも、彼女たちの追随を許さなかったクラッツが、さらに男女の営みでも圧倒的な優位を手に入れた。

またひとつ、心の奥深くに刻まれた精神的な上下関係が変わろうとしていた。


――ばふっ！

私室としてあてがわれた、よく整理された砦の一室のベッドに身体ごとダイブして、ルナリアは身体をよじって悶えた。

「は、破廉恥《はれんち》な……い、一国の王女である妾をあのような目で見るなど……」

熱に浮かされたような茫洋《ぼうよう》とした瞳。

しかしその奥にある欲情の煌めきを、ルナリアははっきりと感じていた。

そして本当は、自分がクラッツの欲望を受け止めたいと願っていることも。

「だ、だめじゃ！　だめじゃ！　いくらクラッツでもそう簡単に操《みさお》を捧げるわけには……」

だから一刻も早く、バシュタールの復興を成し遂げたかった。

誰もが不可能と信じている禁域バシュタールの復興。

宰相ウスターシュも十中八九までは失敗する、と考えているはずのこの試練を乗り越えたならば、再びクラッツは陞爵するだろう。

そうなれば、もはやルナリアの結婚相手として誰も文句は言わない。

言い出しっぺのウスターシュは積極的に協力してくれるだろうし、復興したバシュタールは王国にとって魅力的な土地となる。

フェルベルー派の息の根も止められるかもしれない。

そうして跪く廷臣たちを睥睨《へいげい》して、クラッツからプロポーズを受けるというのが、ルナリアの密かな望みだった。

女王としてイェルムガンドに君臨する立場を考えれば、それが最上の晴れ舞台のはずだったのに……。

（なのに、どうしてこんなに胸が痛い……？）

コーネリアとの情事や、フリッガの明け透けな好意を見るだけで、切ない痛みが胸を締めつけるのを感じる。

このまま、コーネリアとフリッガに先を越されていくのだろうか？

そう考えただけで、どす黒い感情がお腹の底をぐるぐるとかき回すようであった。

自分もクラッツに抱かれたい。

問題は、それまでルナリアが我慢できるかどうかなのだが、果たしていつまで持つか。

ルナリアは自信を失いつつあった。


「す、すごいもの見ちゃったね！　マリーカちゃん！」

「ふう……あんな情熱的に迫られたら私……」

もじもじと太ももを擦り合わせ、マリーカはどこか遠くを見つめて妄想にふけっている。

明らかに発情している二人を冷たい目で見下し、ステーリアは尋ねた。

「この二人もご主人様の女ですか？」

遠慮会釈《えんりょえしゃく》もないその言葉を聞いたマリーカは、はっとなって声を荒らげる。

「だ、誰がご領主様の女よ！」

「ぴぃっ！　わ、私、クラッツ様の女なの～～？」

クラッツが呆れ顔で割って入る。

「二人は可愛い俺の部下さ。バシュタールにはなくてはならない存在だから仲良くしろよ？」

「承知いたしました。ステーリアと申します。以後よろしく」

「えへ～～クロデットですぅ」

「私はマリーカよ……ご領主様のお言葉だから見逃すけど、次からは気をつけてね」

こうして、まだ魂が抜けたようなコーネリアとフリッガをよそに、なし崩し的に三人の妖魔はクラッツの配下として組み込まれていった。

正気を取り戻せばまたひともんちゃくあるのは確実だが、勢いと毒気を失っては、殺すほどの覚悟を持つことはもはや不可能であろう。

「フリッガお姉様……放置されてもクシアドラは耐えます……くふぅ」

引き返せないところまで行ってしまったクシアドラが仲間として受け入れられるかどうかだけは、さすがのクラッツもわからなかった。

◆　◆　◆

本格的なバシュタールの復興が始まった。

クラッツとステーリアたちが四人で持ち返った財宝はマリーカを卒倒させ、クロデットをも惑乱させるほどであった。

「きゅう〜〜〜」

……パタリ。

「ぴぴぃっ！　こんな宝石見たことないよぅ！」

積み上げられた宝石や巨大な金塊、さらには妖魔の領域にしか生息しない貴重な魔獣の牙や鱗などには、コーネリアはおろかフリッガやルナリアも目を剥くしかない。

もちろんイェルムガンド王国の宝物庫には及ばないが、その量は国内最大規模のストラスブール侯でも間違いなく持ちえないはずであった。

これだけの予算があれば、衰退しきったバシュタールを復興するのも難しいことではないだろう。

「城が崩れてこれだけしか持ち出せませんでした。時間さえあればあと半分ほどは回収できるのですが」

ステーリアと名乗る人間の女性になったトリアステラは残念そうに言う。

クラッツと戻ったときには、すでに城はおよそ半分が瓦礫の山と化し、残る半分もいつ崩れてもおかしくない状況であった。

二十キロ以上離れていたはずなのに、ただの剣の一振りで堅牢な防御力を誇る城をここまで破壊するクラッツに、改めて畏怖と憧れを抱く。

「これ、いくらになるの?」

コーネリアの問いに答えられる人間《マリーカ》はすでに意識を失っていた。

「ラップランドの国家予算より大きいんじゃないか……?」

半信半疑といった表情でフリッガがかろうじて言葉を返す。

あまりお金には執着しないフリッガも、この光景には驚愕の念を禁じ得ない。

故郷ラップランドにこれほど潤沢な資金があれば、軍備もさぞ向上するであろうに……と、埒もない思いが脳裏をよぎった。

「――これで全部じゃないというのか？」

ルナリアは、フリッガたちとは別の意味で戦慄していた。

ステーリアの話だと、まだ半分以上が城に残されているという。

たかが一貴族にすぎないステーリアがそれほどの財宝を抱えているというのなら、妖魔たちはいったどれほどの財貨を所有しているというのだ？

彼らがその気になれば、戦わずして一国の経済を破綻に追いやるなど、赤子の手をひねるより容易いことなのかもしれなかった。

それを察したのか、ステーリアは嫣然と微笑む。

「吸精鬼《ノスフェラトゥ》は人間との接触が多いから特別ですわ。上級貴族といえどもさすがに私と同等の財力を持つのは五大公爵くらいのものです」

あとは魔王だが、魔王がどれほどの財産を持つのかは、ステーリアにも想像がつきかねた。

「なら、いいのじゃが……」

内心では複雑なルナリアであった。

残る半分の財宝があれば、ステーリアの資産はイェルムガンド王国の国家予算に匹敵しそうに思える。

そのイェルムガンドは大陸の五大国でも一、二を争う経済力を誇るのだ。

改めて妖魔勢力の潜在的な恐ろしさをルナリアは感じた。

危険な隣国アースガルド帝国の脅威の前に忘れかけていたが、やはり人類にとってもっとも危険なのは妖魔と魔王の存在に他ならなかった。

「ルナリアでも驚くほどか？」

クラッツの問いかけは、妖魔の脅威について考えをめぐらせていたルナリアの不意をつく形となった。

「ふ、ふえっ？」

子供のような間抜けな声がルナリアの唇から漏れた。

同時に、クラッツの不思議そうな顔がすぐそばにあることを認識し、全身の血流が猛烈な勢いで駆けめぐった。

傍目にもわかるほど赤く染まったルナリアは、何かを言おうとするも言葉にできぬままに、またも脱兎のごとく背を向けて逃げ出したのだった。

「……お子様ね」

ルナリアの異変が処女《おとめ》ゆえの照れであることに、ステーリアは気づいていた。

コーネリアとフリッガの熱々ぶりに、これまで意識していなかった部分まで想像してしまったのだろう。

処女をこじらせると悪化するので、早急に抱かれてしまったほうがよいのだが、敵に塩を送るほどステーリアは寛大ではない。

むしろこのままルナリアが正妻から脱落してしまえばよい、と邪悪な嗤いを浮かべていた。

たった一歩が踏み出せずに別れる恋人は決して少なくないのだ。

「ステーリア様、その表情は引きます」

「独り身が長かったから、いろいろとこじらせてますね」

「あんたたちに言われたくないわよ！」

かつての部下にドン引きされ、ようやく我に返ると、ステーリアをなんとも言えない顔で見つめているクラッツがいた。

「ご主人様！　これは違うんです！　見ないで！　見ないでくださいっっ！」

「妖魔でもドン引きするような笑顔だったぞ」

『どの世界も女というものは業が深いのう』

「いやああああああああああああああああっ！」

◆

◆

◆

その後、ステーリアが泣いてルナリアに土下座したり、ベルナールやジルベールがやってきてお宝の山に彼らも気絶したりと、騒がしく時が過ぎていった。

通常、これほどの財宝が身近にあれば、あらくれの傭兵たちが放っておかない。

しかし、クラッツの怪物ぶりやフリッガの戦いを目の前で目撃した彼らが、そんな危険な真似をするはずもなかった。

気まぐれにクラッツを怒らせれば、小指で石を弾いただけでも容易く人が死ぬだろう。

そしてルナリア王女という王位継承者まで敵に回してしまえば、最悪イェルムガンド王国が敵に回る。

おそらくはこのバシュタールは、大陸でもっとも傭兵の行儀がよい土地に違いなかった。

「俺見たんだ。領主様が剣を振ったら、それだけで何百メートルも離れた木が真っ二つに斬れたのを」

「俺なんて街外れの岩場殴ったら泉が湧いたのを見たぜ」

「フリッガ様になら殺されたい……」

若干おかしな感想が混じっていたにせよ、彼らにはクラッツに逆らう選択肢などなかった。

まあ、人力で運河を切り拓いたり貯水池を掘ったりする人間《ばけもの》に逆らえるはずもないが。

いち早く気絶から復帰したのはマリーカだった。

「ありったけの商人を呼びなさい！」

意識を取り戻して最初にマリーカが叫んだのは商人の招集であった。

これほどの金塊や宝石も、それだけでは流通性がない。

今バシュタールにもっとも必要なのは、資材と人材を集めるための現金なのだ。

財政を担当するマリーカは誰よりもそのことを痛感していた。

「ふっふっふっ……これさえあれば……もうあの守銭奴どもに頭を下げる必要もないわ……それどころか、こっちが奴らを跪かせて靴を舐めさせてやる！」

「ぴぃっ、マリーカちゃん落ちついて〜〜〜〜！」

暗黒面に堕ちた親友のキレっぷりに、クロデットが泣きそうな顔ですがりつく。

とりあえずマリーカが暴走すれば、苦労するのは自分だということをクロデットは経験から承知していた。

天然だが、割とドライなクロデットであった。

「話は変わりますがクラッツ様、ボリシア鉱山はいかがでしたか？」

トリアステラに襲われたために決戦となってしまったが、もとはといえばクラッツはボリシア鉱山の調査に出かけたのである。

バシュタールの産業を復興するうえで、ボリシアのミスリル鉱山は是が非でも必要なのだ。

「――適当に砕いておいたから子供でも採掘できるぞ？」

「はいっ？」

主君に素で疑問形で返してしまったマリーカを誰が責められようか。

話を聞いていたコーネリアやフリッガも、クラッツの言っている意味が理解できずに首をひねっている。

「だからボリシア鉱山は殴って砕いてきた。リアルで」

「はあああああっ？」

「それにボリシアからの道のりはある程度均《なら》してきたから、少し手を加えればすぐに道が出来るぞ？」

「とは言いましても、妖魔の領域を平気で移動できるのは、クラッツ様とフリッガ様くらいですし……」

「心配するな。妖魔の連中はもうバシュタールの領内にはいない」

これはクラッツがステーリアに命じたことである。

妖魔は完全な実力社会で、上の命令には絶対服従が基本。

すでにステーリアの配下は、七十年前の大侵攻当時の境界まで退却して、手出しをしないことになっていた。

知能の低い低級なゴブリンや魔獣の襲撃は完全に排除できないが、その程度なら傭兵や自警団が護衛するだけで十分に防げるだろう。

「ど、どうしてクラッツ様がそんなことを……はっ？　もしかして根こそぎ妖魔を……」

「いくら俺でも、昨日の今日で全滅させるのはちょっとな……（できるけど）。詳しい理由は聞かないでくれると助かる」

「――わかりました。道中の安全は確かなのですね？」

「雑魚くらいは出るかもわからんが、自警団で対処できないような襲撃はない」

「……ぐへっ」

乙女の口から出てはいけないような声が、マリーカの愛らしい唇から聞こえた気がした。

マリーカの尊厳のためにも、忘れようとクラッツが決意したときである。

「よっしゃあああああああああああああああああっ！」

力強く手を握りしめて、マリーカが絶叫した。

「クラッツ様！」

「はいっ！」

その勢いに押され、素直に返事をしてしまうクラッツ。

「求人の支度金に予算を使わせていただいて構いませんね？」

「出し惜しみをするつもりはない」

言質《げんち》を取った、と言わんばかりにマリーカは笑み崩れた。

「クロデット！　片っ端から同期の連中に声をかけるわよ！　金貨でほっぺた引っぱたいてでも連れてくるのよ！」

「ぴ、ぴぃっ！　でもマリーカちゃん、バシュタールに来るはずがないって……」

「ボリシア鉱山の稼働に目途がつき、目がくらむような潤沢な資金が手に入った今、どうとでも言いくるめられるわ！　クロデットだって三日に一回は家に帰ってお風呂に入りたいでしょう？」

「……そうだね。休息は大事だよね」

マリーカの言葉に、クロデットは遠い目をして頷いた。

バシュタールの内政を二人で切り盛りしていた二人は、どうやら自宅に帰ることすらままならなかったらしい。

これまでクラッツが無茶をするたびに限られた資金を放出できたのは、マリーカとクロデットの適切な管理があればこそなのであった。

「正直すまんかった」

『これは我も誤算だったようだ』

「王都から劇団も呼びましょう！　宣伝費用だと思えば安いものです！　あの陰険な商人どもからも人手を絞り取らなくちゃ！　ふへへ……ボリシア鉱山の利権に比べたら、経理のできる人間の十人程度簡単なことよね！」

「おい、クロデット。マリーカは大丈夫なのか？」

こっそりクロデットに耳打ちすると、クロデットは困ったような顔をして頷いた。

「マリーカちゃん、我慢強い分ストレスを溜めると反動が来るんです。言っていること自体は正しいから始末が悪くて……」

どうもクラッツの知らないところで、商人相手の交渉を続けてきたマリーカは、かなりストレスを溜めてしまったらしい。

これから先の商人たちの不幸を思って、クラッツはそっとため息を漏らすのだった。

その後、マリーカは正しく暴走した。

「いつまでこんなところで油を売ってるつもりなの？　実家の母親の治療に金がいるんじゃないの？」

この男は徴税局時代の同僚である。

付き合いが悪く出世コースからはずれているが、それが実は故郷への仕送りのためであるとマリーカは知っていた。

「だ、だが、俺が命を失ってしまっては元も子もないじゃないか！」

「これを見てもそんな台詞が言えるかしら？」

どん、袋ごと投げ出される金貨の山。

魂を浸食するが如きその輝きに男はごくりと唾を呑んだ。

「ほらほら、機会は待ってちゃくれないのよ？　今のバシュタールにはこの程度の金を軽く出す財力があるの。嫌なら次の人のところに行くからいいのよ？」

ジャラジャラと、これ見よがしにマリーカが金貨をもてあそぶ。

「く、悔しい！　でもこの黄金の輝きが……俺の理性を狂わせる……！」

「はい、おひとり様ご案内～～！」


「マリーカ、心配したのよ？　急にバシュタールに行くなんて言い出すから……」

それでもさすがにバシュタールはないだろう。きっとマリーカも直前で思い直したに違いない、と年来の友人である女は胸を撫で下ろした。

「それにしても……何があったの？」

磨き上げられた爪、自慢の赤毛は艶々と燃えるようで、肌は潤いに満ちて白く輝いている。

さりげない衣装やネックレスも、到底中級官僚程度の給料では望むべくもない。もしかしたらマリーカは貴族の妾《めかけ》にでもなったのではないか、と女は邪推したのであった。

「ああ、バシュタールの給料ならこれくらい軽いわよ」

「なん……ですって？」

ギラリと女の目の色が変わるのをマリーカは見逃さなかった。

まだ若くキャリアもない官僚たちは、たとえ出世コースに乗っていてもそれほどの給料は稼げない。

運よく次長クラスの地位を掴むころには、女としてもっとも脂の乗った時期は過ぎていることが多かった。

もし本当にマリーカの言うとおり局長級の給料が稼げるなら。

女の乙女心が動いてしまったとしてもそれは無理からぬ話であろう。

——ゴクリ。

「美肌に定評のあるアイベーテの琥珀水《こはくすい》を湯水のように使いたくない？」

染みひとつなく、しっとりとした潤いを感じさせるしなやかなマリーカの二の腕を、女はまじまじと見つめた。

琥珀水を使えば自分もこの美肌が手に入るのだろうか。

「ロイバーグの香水やアイテンベルグの指輪、耳飾り、髪留めも思うがままよ。このまま民部省にいて、いつそんな金が手に入るかしら？」

年頃の女性ならば誰もが一度は憧れるアイテンベルグの宝飾品。

それを無造作に目の前に転がされた女は、どこか落ちつかない様子でチラチラとマリーカの顔を窺った。

「——今なら支度金として金貨五十枚」

「乗ったあああああああああああああっ！」

まるで催眠商法に引っかかった主婦のように、女は反射的に高々と右手を突き上げる。

「はい、おひとり様ご案内〜〜〜〜！」


その後数日間で、イェルムガンド王国の若手実力者官僚のうち、微妙に出世街道から外れている者たちが十数名、退職届を出したという。

彼らは上の者にとっては扱いやすい便利屋だったために、各所で決済の停滞を招いたが、その裏で元徴税局の女が暗躍していたという噂が、まことしやかに流れた。


「今日は祝杯よ！　クロデット！」

「はぃぃっ！　久しぶりのお休みですぅ！」

逆にバシュタールの行政組織は急速に整備され、無事週一の休みを手に入れたマリーカとクロデットが夜の街へ繰り出す姿が目撃されたという。

◆　◆　◆

マリウス・オストマルクは、イェルムガンドでは十本の指に入る大商人である。

彼からすればバシュタールのごとき魔境など、小金を稼ぐことすらできない塵芥《ちりあくた》に等しい。

そんなマリウスは険しい顔で一通の手紙を睨みつける。

そこには女性らしいやや丸みを帯びた文字で、こう書かれていた。

『ボリシア鉱山のミスリルの入札を行うので参加希望者は連絡せよ』とある。

たかがバシュタールごときが大商人のマリウスを呼びつけるなど、一考する価値もないと思ったが、品物がミスリルとなるとそうも言ってはいられなかった。

魔導具の材料や貴族の鎧など、ミスリルは同量の宝石に匹敵するほど稀少で高価な鉱物なのである。

七十年前の大侵攻まで、ボリシア鉱山が大陸でも有数のミスリル鉱山であったことはマリウスも承知していた。

あの凶悪な妖魔を駆逐したとでもいうのだろうか？

普通であれば一笑に付《ふ》すところだ。

――領主があのクラッツ・ハンス・アルマディアノスでさえなければ。

実はストラスブール侯アルベルトと商売で懇意《こんい》にしているマリウスは、バシュタールへ流通する物資の価格を釣り上げることを依頼されていた。

マリーカのストレスの何割かは、まさにマリウスのせいであったと言える。

もっとも彼からすれば、王国の重鎮にして富裕な貴族であるストラスブール侯と、妖魔に滅亡寸前にまで追いやられたバシュタールとでは、どちらを取るかなど最初から決まりきっている。

値段が折り合わず、取引を失っても構わない。

むしろバシュタールのような辺境は、なくなってもらったほうがありがたいくらいだ。

しかしその状況が今日変わった。

バシュタールが王国でも有数のお宝《ミスリル》の山に化けたのである。

この機会をむざむざと諦めるようでは一流の商人とは言えなかった。

「なんとしても我が商会で、ボリシアの利権を独占しなければ……！」

折しもアースガルド帝国の対外戦争によって、ミスリル価格は上昇の一途をたどっている。

莫大な金のなる木を目前にして、マリウスは本能のままに舌舐めずりをした。

「この手紙を受け取った商会を全て探れ！　なんとしても出し抜くのだ」

幸いマリウスにはアルベルトという心強い庇護者がいる。

そのアルベルトがクラッツを敵対視している以上、ライバルの商人たちに圧力をかけることはそれほど難しいことではない。

その上で買い叩けるだけ買い叩く。

えらそうにしたところで、値段を決めるのはバシュタール伯ではなく、我々商人なのだということを思い知らせてくれる。

いかに貴重なミスリルといえども、それが流通に乗らなければ何の価値もないのだから。

マリウスは己の才覚と影響力に絶大な自信を抱いていた。

もしも彼に千里の道を見通す目があったとすれば、そんな自信は朝靄のごとく消え去っていたに違いない。

そこにはこれまでのストレスを百倍にして返そうと、魔女《マリーカ》が凶悪な哄笑を響かせていたのだから。

◆　◆　◆

マリウスは意気揚々とバシュタールの地を踏んだ。

裏工作の結果は上々であった。

参加する国内商人の大半は抑えた。オストマルク商会に匹敵する大店《おおだな》もふたつほど呼ばれていたが、こちらはアルベルトの口利きで辞退させることに成功した。

ルナリア派は軍部が大きな支持基盤であり、逆にフェルベルー派は内務や財務こそが官僚に影響力が強い。

どちらも大きな勢力ではあるが、商人にとって大事な予算を握る財務はフェルベルー派の牙城なのであった。

把握しきれなかった商会も二、三あるが、小さな商会がオストマルク商会に楯突くのは自殺行為である。

もう九分九厘までボリシア鉱山を手に入れたとマリウスは確信していた。

「それでは入札の参加者は広間へ移動をお願いします」

どれほどの田舎かと思っていたマリウスの予想を遥かに超える立派な屋敷で出迎えたのは、魂が蕩けるほどの美女であった。

露出らしい露出もない侍女服なのだが、隠しきれない巨大なふたつの果実と妖艶な丸みを帯びた腰回りに視線が吸い寄せられる。

それは巧妙な罠であった。本来のマリウスであれば、把握しきれなかった商人の情報収集を怠ることはしなかったであろう。

しかし吸精鬼《ノスフェラトゥ》のフェロモンまで使用したステーリアの色気を前に、一介の男にすぎないマリウスが抵抗できるはずもない。

ほとんど何の疑問も抱かぬままに、気がつけばマリウスは会場の席に座っていた。

（いかんいかん、私としたことが……それにしてもいい女だ。金で得られるなら出し惜しみはしないのだが……）

辺境にはあまりに不釣り合いな美貌に、マリウスは心の昂揚を抑えることができない。

そんなマリウスの欲情を手に取るように理解しながら、ステーリアは心の底からマリウスを侮蔑した。

(ふん、取るに足らぬ男。ご主人様と比べることすらおこがましいわ)

「お待たせいたしました。私が今日の入札をとり仕切らせていただく、マリーカ・ルクレールです」

そして復讐の幕は上がった。


「入札を始める前に一言よいかね?」

「――どうぞ」

マリウスの態度に、内心ではハイヒールで踏みにじりたい衝動を抑えつつ、マリーカは答える。

「それでは提案なのだが……ミスリルの入札ではなく、ボリシア鉱山の管理運営について委託してもらうわけにはいかぬだろうか?」

採掘が始まったとはいえバシュタールの人口は微々たるものである。

ましてつらい鉱山労働は頑健《がんけん》な若者でなくては到底務まらない。

現状では採掘量もたかが知れたものとなるだろう。

しかし王国でも有数の大店であるオストマルク商会なら、その人手を確保することが可能だ。

そうなればバシュタールが得られる収入も何倍にも膨れ上がる。

マリウスは得意そうにそう主張した。

もちろんこれには裏がある。管理運営を任されている以上、採掘量のコントロールはオストマルク商会が行うことになる。

すなわち、実際の採掘量をプールし、逆にバシュタールの生命線を握るというのがマリウスの計画であった。

「不要です。それでは今回売却するミスリルの量ですが……」

「ちょ、ちょっと待て！　これはバシュタールのためを思っての提案なのだぞ！」

一顧だにされないとは予想もしておらず、マリウスは声を荒らげた。

そもそもオストマルク商会の会頭であるマリウスをここまで無視するなど、ストラスブール侯の部下にもされたことがなかった。

「本日はミスリル売却の入札のためにお集まりいただいたのです。そうした提案をしたければ、伯爵の許可を得た後になさってください」

「……後悔するなよ小娘！」

「ご自由に」

マリウスの捨て台詞を飄々《ひょうひょう》と受け流してマリーカは入札を開始した。

「それではこの製錬前のミスリル鉱石、八百キロの売却価格を申告してください」

マリーカを睨みつけ、マリウスは彼女の淡々とした表情が歪む瞬間を見逃すまいとせせら笑った。

あれほどのミスリル鉱石であれば、通常金貨五千枚はいくであろう。いや、八千枚でも十分に採算がとれる。

だが、残念ながら千枚にすらなりはしない。

そのように段取りはついているのだ。

「――最高価格を読み上げます。金貨八千枚にてガイヤール商会の落札に決定いたしました」

「はっはっはっ！　残念だったな……って八千枚だとおおおおっ？」

盛大に嘲笑う気満々だったマリウスは、想定外の高値に絶叫する。

これほどの高値をぽんと出せる商会は限られるはずだが、ガイヤール商会など聞いたこともない。

「貴様、我がオストマルク商会を敵に回すことがどういうことかわかっているのか！」

怒りで顔を赤黒く染めるマリウスに、ガイヤール商会の会頭ロキは不敵に笑い返した。

「入札の結果は恨みっこなしが商人の鉄則でしょうに……我がラップランドと北方同盟ではミスリルの需要がかつてないほど高まっておりますのでな」

「ラ、ラップランド……だと」

ブルブルとマリウスは拳を震わせた。

相手がラップランド王国の商会では、いかにマリウスでもわずかな嫌がらせをするのが関の山である。

しかしこのような戦略物資の入札に他国の商人が呼ばれるなど、かつてないことであった。

その点に思い至ったマリウスは血相を変えてマリーカに噛みついた。

「ミスリルのような貴重な物資を他国に渡すとは！　バシュタール伯は気でも狂ったのか！悪いことは言わぬ。入札をやり直せ！」

「控えよオストマルク。身の程をわきまえぬか！」

「こ、この小娘。言うに事欠いて、この私に身の程をわきまえろだとっ！」

「ラップランド王国は我がイェルムガンドの同盟国であり、それは国王陛下も認めるところである。しかもこのバシュタールには王妹フリッガ様が、わざわざ足を運び復興に協力くださっておられる。足元を見て暴利を貪ろうとする悪徳商人より、よほど頼りがいがあろう」

「ご紹介にあずかったラップランド王国王女フリッガ・ラップランドだ。言い分があるなら聞こうか？」

背中に悪鬼を背負ったフリッガが、怒りのオーラを隠そうともせず会場入りしたのはそのときである。

まさか他国の王女を正面から批判するわけにもいかない。そして、そもそもフリッガの尋常ならざる闘気にマリウスは心の底から震え上がっていた。

「……めめ、めっしょうもござひません」

しかしマリウスの不幸はそれだけでは終わらなかった。

「この量のミスリル鉱石を金貨八百枚とか、舐めてるんですか？　あなたはその程度の目利きの商人ということですね。そんな無能な商人はいりません。今日参加の商人はガイヤール商会以外出入り差し止めですね」

「そ、それは……！」

出入り差し止めとは、バシュタール領内での商売禁止を意味している。

ただの辺境にすぎなかったバシュタールであれば痛くも痒《かゆ》くもない。

しかしボリシア鉱山のミスリルを握り巨額の資金を得たバシュタールが、その大金を消費する優良客となることは間違いなく、袖にされたマリウスの評判が地に落ちることは確実であった。

最初からマリーカは、マリウスの鼻っ柱を叩き折るつもりで十全の準備を整えていたのである。

「あなたの言葉をそっくり返すわ。バシュタールを敵に回すことがどういうことなのか、これで少しはわかったでしょう？」

マリーカの胃壁を削った代償は大きかった。

その後、事の顛末《てんまつ》を王都に伝えられたオストマルク商会は、一年と経たずにその身代《しんだい》の半分以上を失うことになるのであった。

「――か・い・か・んっ！」

目覚めてはいけない悦びに、マリーカは蕩けるような笑みを浮かべた。

◆　◆　◆

バシュタールでミスリルの採掘が再開され、望めば誰もが巨額の資金を貯められる。

そんな噂が王国中に広まったのはそれからすぐのことであった。

生ける地獄として知られたバシュタールである。

いかに英雄《クラッツ》が赴任したとはいえ、結果が出るにはあまりに早すぎるように思われた。

ところがどうも本当のことらしいということはすぐに判明する。

王都でも有名なオストマルク商会が、バシュタール卿の不興を買ったため、急速に商業ギルドでの面目を失ったのである。

水に落ちた犬は打て、ということわざの通り、今まではオストマルク商会の顔色を窺っていた者たちも、次々にバシュタールとの繋がりを求めて殺到。

あれよあれよという間にオストマルク商会は販路の三割を奪われた。

そしてバシュタールを舞台に、目を剥くような巨額の取引が成立していく。

膨大な資材と牛馬、そして穀物や果実などがあとからあとから列を作ってバシュタールに向かった。

王都を出発する隊商を見れば、誰もがバシュタールへ行くのだろうと噂した。

もはやバシュタールにお宝が埋まっているのを疑う者は誰もいなかった。

「ほらほらっ！　もっとお金が欲しくないの？」

スパパパパパンッ！

「ああ、もっと金で僕をぶってください！　女王様っ！」

噂を聞きつけ、バシュタールに一攫千金を夢見る労働力が集まり始めると、マリーカの勧誘という名の洗脳は苛烈《かれつ》さを増してくのだった。

「ぴぃっ……マリーカちゃんがおかしくなっちゃったよぉ……」

ノリノリで同期の官僚職員を配下に調教していくマリーカに、ドン引きでクロデットは肩を震わせた。

先日の入札以来、決して押してはいけないスイッチが押されてしまった気がした。

とはいっても、増える人口に比例するように、街道の整備や橋の補修、さらには開拓区を希望者に開放するなど、マリーカの仕事は増えていく一方である。

予算が天井知らずに増えてもクロデッドの計算能力は対応できるが、それを末端に落とし込むための書類を作成するのには新たな人材が不可欠であった。

かろうじて間にあった官僚団も、殺人的な作業量の多さにすでに瀕死の状態である。

実のところバシュタールは、これまでとは全く別な意味で瀬戸際を迎えていた。

ある意味マリーカが暴走するのもやむを得ないのだ。

「……せっかくのお金を使う暇もなく過労死してもいいの？」

「マリーカちゃんの言うとおりだよね！」

その後も目の下に隈をつくった異様な集団が、バシュタール行政の中心地となったナラクの村――現バシュタール伯爵領都庁で頻繁に目撃され続けた。

彼らは急速に発展するバシュタール領の政治経済を切り回すため、鬼神のごとき活躍をしたのだが、つけられた仇名《あだな》は『マリーカの下僕《げぼく》たち』であった。

◆　◆　◆

「――オストマルクはいったい何をやっているのだっ！」

怒りを持て余したアルベルトは、石膏《せっこう》で加工された壁にグラスを叩きつけた。

パリンと乾いた音が響いて、白い壁にワインの紅い染みがピシャリと広がっていく。

武力で劣るアルベルトにとって、財力は決して負けてはならない重要な要素であった。

このまま財力でもクラッツに逆転されるようなことがあれば、もはやアルベルト率いるフェルベルー派に勝ち目はない。

賄賂《わいろ》に潤沢な資金を投入しているからこそ、フェルベルー派はかろうじて首一枚命脈を保っているのだ。

数カ月前、アルベルトはルナリアを大人しく王位に就けるつもりなど毛頭なかった。

成り上がり者にすぎないクラッツは、貴族に知り合いもいなければ親戚もいない。

それが致命的な弱点だとアルベルトは考えている。

戦いに強いのが取り柄の男にまともな領地経営などできるはずがなかった。

そのノウハウを教えてくれる付き合いがないからだ。

ルナリアも決して無能ではないが、やはり王族と領地貴族では扱うべきものが異なる。

何をしたらよいかもわからぬうちに資金難になればしめたもので、あとは経済的にゆっくりとバシュタールを乗っ取るだけでよかった。

領地経営に失敗し、さらに借金で首が回らなくなったクラッツなど恐るべき相手ではない。

どんな英雄でも、金がなくなれば平等に飢える。

もしクラッツが借金漬けになった暁には、ああもしてやろう、こうもしてやろうと暗い愉悦に浸っていた。

オストマルク商会をはじめ、アルベルトが御用商人として王国に便宜《べんぎ》を図った商人の力をもってすれば、それは決して難しいことではないはずであった。

現にバシュタール向けの食糧や物資の金額を談合で釣り上げ、予想よりも早くバシュタールの資金は枯渇の兆候を示した。

あと数カ月、そんなわずかな時間でバシュタールの財政は破綻するであろう。

ボリシアのミスリル鉱山が奪還された、というニュースが流れたのは、まさにそんなタイミングであった。

（あれさえなければ――打つ手などないはずだったのに！）

アルベルトは、クラッツが妖魔トリアステラから財宝を得たことを知らない。

どちらにせよ、ボリシア鉱山というインパクトなしにバシュタールがこれほど急速な復興を遂げることはなかったのだが。

「お館様――シャイロック殿が参っておりますが……」

「おおっ！　早くここへ通せ」

「かしこまりました」

待ちわびていた大物の登場に、アルベルトはようやく愁眉《しゅうび》を開いた。

クライヴ・シャイロック――今年七十七歳の誕生日を迎える彼は、イェルムガンド王国で知らぬ者のない財閥の長である。

その力は財界ばかりか工業、農業の世界にも及び、アルベルトのような大貴族であっても扱いには細心の注意を要する男であった。

彼の財産を狙った貴族もいるが、敵対して無事だった貴族はただの一家もない。

金の持つ力の恐ろしさを知りつくしているこの老人さえ動かすことができれば、再びバシュタールを干上がらせることができる。

アルベルトはそう考えていた。

「一別以来だな。老翁《ろうおう》」

「歳のせいかめっきり外に出ることも減りましたもので」

老齢など全く感じさせない、棒のようにピン、と伸びた背筋に若々しく黒々とした髪。

知らぬ者であれば、およそ六十を超えたようには見えない。

しかもこの老人はまだまだ現役で、商売の最前線に立っていた。

「わざわざ老翁にご足労してもらったのはほかでもない。昨今のバシュタールをめぐる商いに関してのことだ」

「まさか生きているうちに、あそこのミスリルを拝めるとは私も思いませんでしたな」

大侵攻の折りは幼児でしかなかったクライヴだが、丁稚奉公《でっちぼうこう》を始めたころはまだ市中にボリシア鉱山のミスリルがわずかに流通していた。

品質は大陸でも最良に近く、大侵攻で妖魔の手に落ちてからは流通価格が十倍以上になったものだ。

そんな記憶を手繰《たぐ》ると、クライヴにも沸々と滾《たぎ》ってくるものがあった。

「あの鉱山は我が国の宝といっても過言ではない。それを他国の商会に横取りされるなど、イェルムガンド商人の面子《メンツ》に関わると私は思うのだよ」

厳密にはミスリルの取引にラップランドの商人が関わったのは最初の一度だけである。

採掘されるミスリルの全てを取引できるほどの資産はガイヤール商会にはない。

あるとすればイェルムガンド王国でも、オストマルクやシャイロックなどの大店が五家ほどであろうか。

だがこの場合一度でもラップランドの手が加わったという事実が大きいのだ。

言いがかりに大義名分を与えるには、こうしたきっかけが馬鹿にできないのである。

半年前、いや、二月ほど前であれば、十分その言いがかりは通用したであろう。

これまで莫大な利益をシャイロック商会にもたらしてくれたアルベルトのことを、クライヴは惜しんだ。

その事実にアルベルトが気づかぬのは、彼が衰えたのか、それとも時勢の流れなのだろうか。

「もちろん当商会もバシュタールでは儲けさせていただいておりますよ」

そこに明確な否定の意思を感じ取ってアルベルトは愕然とした。

クライヴは金のためなら必ず動く。

そう確信しているからこそ、アルベルトはバシュタールに関する利権を全てクライヴに与えてもよいつもりでいた。

そのことをクライヴが理解できぬはずがない。この程度の腹の読み合いができなくては、王国一の商会を維持できるはずがなかった。

「――なぜだ？」

自分はクライヴを儲けさせてやることができる。

にもかかわらず自分に与《くみ》しない理由はなんなのだ？

怒りよりも先に疑問があった。アルベルトの知るクライヴはこれほどの機会を見逃すような男ではなかったのだ。

「いささか遅うございました」

アルベルトはまだ勝負はこれからだと思っているが、勝負ならすでについた。ついてしまった。

もともとクラッツがバシュタールの復興を命じられたのは、宰相ウスターシュの無茶ぶりによる。

いかに困難な試練を与えたか自覚しているからこそ、ウスターシュはクラッツの動向に常に注意を払ってきた。

クラッツがマリーカやクロデットという優秀な財務官僚を手に入れ、圧倒的と思われた妖魔を撃退して、ボリシア鉱山を奪回したこともいち早く掴んでいた。

極めつけはラップランドを巻き込んでの価格操作だ。

さすがにウスターシュも、クラッツの才を認めぬわけにはいかなかった。

実際にことを為したのはマリーカとその配下の官僚たちだとしても、その部下を登用すること、目標のために制御することが君主の力量である。

間違いなくクラッツ・ハンス・アルマディアノスは、ルナリアの王配として相応しい力の持ち主であった。

ならばクラッツに無茶な試練を課したかわりに、今度は率先してクラッツを擁護《ようご》しなくてはならない。

それが宰相の、次世代に生き残るための処世術である。

次世代の王に嫌われて没落するのを防ぐためにも、ここで貸しを作っておく必要があることをウスターシュは承知していた。

イェルムガンド王国行政の中枢中の中枢である宰相が、クラッツの支持を明らかにした。

いかにアルベルトが財務系の貴族を派閥に取り込み、官僚に影響力を有していようと、それは現役の宰相を超えるものではない。

すなわちアルベルトが信じている優位はすでに完全に失われていたのであった。

クライヴの知るところでは、すでに財務系の大貴族が二、三、ルナリア派へ鞍替えしようとウスターシュへ仲介を願い出ていた。

「宰相も派閥の貴族も、雪崩《なだれ》を打ってバシュタール伯爵の歓心を買おうとしている今、商人が逆らうことなど許されませぬ」

あくまでも商人は勝つ勢力に協力するのみ。

あえて負け側につく商人などこの世にはいない。

「宰相が……？　馬鹿な……あの平民にこのイェルムガンドを渡せというのか？」

よほど心外であった様子で、アルベルトは取り乱した。

「長年の友誼《ゆうぎ》に免じ、シャイロック商会はストラスブール侯爵家に敵対行動は取りませぬが……バシュタール伯を敵に回すこともできませぬ。どうかお察しのほどを」

落ち目のアルベルトを叩こうとしないあたり、さすがは王国一の大商人である。

しかしそんな情けをかけられて喜ぶアルベルトではなかった。

（許さぬ！　許さぬ！　許さぬ！）

座して敗北を待つ選択などありえない。

まともな政治闘争でクラッツに勝つ見込みがなくなった以上、アルベルトが取りうる手段はただひとつしか残されていなかった。

（見ておれ！　国王も、宰相も、戦うしか能がない馬の骨も、誓って首をさらしてやる！）

当初の計画通り、自分をイェルムガンドの国王としてアースガルドに認めさせるのは難しいだろう。

しかし、今の尾羽打ち枯らした状況より悪くなることはありえない。

せめて王国の三分の一程度を恩賞としてもぎとることは可能なはずだ。

何より、あの小憎らしい平民を絶望の淵《ふち》に叩き落とすことができるのならば……。

アルベルトは暗いねばついた感情が腹の底から溢れてくるのを自覚して哄笑した。

その様子を不安そうに見つめる妻フェルベルーを乱暴に押し倒して、アルベルトは昂る復讐の感情を解き放つ。

「受け止めろ、フェルベルー」

ストラスブール侯爵謀反《むほん》。

イェルムガンド王国にかつてない激震が走ったのは、それからおよそひと月後のことであった。

◆　◆　◆

「どうもつまらぬことになったようだな」

アースガルド皇帝ヘイムダルは気だるげに、座った椅子の脇息《きょうそく》を、かつかつと指で叩いた。

しかしその表情は仕草ほどにいらだっているわけではない。

ヘイムダルにとって、これはある種の遊びにすぎないからだ。

ストラスブール侯アルベルトから、内応して国境線を開放すると使者があったのは昨日のこと。

ヘイムダルとしては片腹痛い。

イェルムガンドを国ごと乗っ取り、アースガルドの世界制覇に協力すると豪語したのはアルベルトではなかったか。

フェルベルーを次期王位継承者とすることも敵わず、さらには宮中での勢力まで失って、自爆攻撃のような賭けに打って出たアルベルトに、ヘイムダルはもはや何の興味も見出せなかった。

「――このまま放置するという手もありますが」

宰相のマティアスはヘイムダルほど虚心ではなかったが、事態の推移を量りかねていた。

一時はイェルムガンドの貴族勢力の過半を支配下においたアルベルトだが、現状彼に味方をする貴族は一族を含めても一割にも届くまい。

アースガルド帝国の支援なしにはたちまち潰滅してしまうのが目に見えていた。

彼は第一王女フェルベルーの王配だからこそ、実像以上に評価されていたのである。

王位継承の目がなくなった今となっては、彼に味方するのは自殺行為とすら言えた。

まあ、見捨てるのも悪いことばかりではない。

イェルムガンド王国の兵力が消耗することは確実で、ストラスブール侯が滅亡すればそこに新たな領主を送りこまなくてはならないからだ。

領地の利権をめぐる対立や、新たな領民を支配に組み込むのは、なかなかどうして骨の折れる作業である。

仮に見捨ててもアースガルド帝国には利益しかなかった。

——かといって、見捨てたほうがよいというわけでもない。

アルベルトの無能さはともかくとして、ここであっさりとアルベルトを切り捨てた場合、今後イェルムガンド王国の内部から裏切りは期待できなくなる。

それにせっかくアースガルドに味方して、国境を無傷で通してくれるというのも魅力的な話だ。

ただ、アルベルトが考えていた以上に愚か過ぎて、思惑通り手を貸してやろうという気になれないのである。

「……ここは妾にお任せを」

「僭越《せんえつ》であろう！　スクルデ殿、東方は第一軍の領分ぞ！」

嬉々《きき》として越権行為に及ぶ狂姫ことスクルデ・ヴェーベルシュテウムを、マティアスはにべもなくたしなめる。

この戦狂い《ウォーモンガー》は、隙あらば強敵と戦おうとする悪癖があるのだ。

確かに彼女の南部軍は現在待機中であり、出撃することは可能であった。

しかしアースガルド帝国軍でも最強と目される東方第一軍、ギュンター・オースブリンクをさしおいて彼女に先陣を与えるわけにはいかない。

「譲ってよギュンター。妾は噂の怪力クラッツとやらに会ってみたいの」

実は数週間前から、アースガルド帝国内で奇妙な噂が急速に広まりつつあった。

潰滅した第四軍の将兵が、まるで死神に枕元に立たれたようにビクビクと怯えて家族や同僚に零すらしい。

あの男は化け物だと。

魔導も規格外だが、何よりその怪力が、物理的な暴力こそが恐ろしいのだと。

ヘイムダルの命じた調査で、ルナリアを救った魔導士がクラッツであることは判明している。

調査の結果、彼が師匠であると広言している義理の母は、ただの傭兵で一切魔導など扱えなかったこともわかっていた。

全く謎だらけの男である。

そしてラップランド王国での第四軍の敗北は、事実上この男一人によってもたらされた。

ただ一人で一国の軍団に匹敵する一人軍団《ワンマンアーミー》。

それが虚像にすぎないと言い切ることは、肝の太さでは人後に落ちないマティアスもできなかった。

「ラップランドでの敗北で、我が軍にも動揺が広がっています。まずは一戦して勝利しておくのがよろしいかと」

「それはスクルデに前哨戦を譲ると考えてよいのか？」

抑揚のない、感情を極限まで廃した声が、今日はどこか楽しそうに聞こえる。

剣鬼ことギュンター・オースブリンクがこうして軍議で意見を述《の》べることは稀であった。

ヘイムダルは滅多に見ることのできないギュンターの様子を興味深そうに眺めた。

「話せるじゃない！　悪いけど獲物はもらったわよ！」

「……だと、いいがな」

ギュンターはスクルデとは別な意味で戦いに特化している。

しかし決定的に異なるのは、戦うことだけではなく勝利することを何よりも重視するという点だ。

戦いを浪漫としか思っていないスクルデは、強敵でさえあれば負けることすら甘美に思うだろうし、心のどこかで自分より強い男に出会いたいと考えている節がある。

風の噂では、スクルデは自分より強い男の子を孕《はら》みたいと、相手を探しているなどという話も聞く。

だがギュンターにとって、そのような浪漫など薬にもならない。

ひたすら相手を倒すために強くなろうとする、ある種の求道者のような精神の持ち主であった。

そのあたりの性格が、強者でありながらスクルデが食指を動かさぬゆえんなのであろう。

たとえ臆病とそしられようと、何より負けることが怖い。

だから強くなろうとするし、負けないためにはどんな卑怯な手段を使っても許されると考えている。

要するにこの男、スクルデを情報の少ないクラッツと戦うための実験台にしようとしているのである。

部下の性格を知り尽くしているマティアスは、もちろんその考えを承知していたが、落とし所としては悪くないと考える。

これまでほぼ負けなしのアースガルド帝国がラップランドで一敗地に塗《まみ》れた影響は、少なからず波及していた。

そうした影響を排除するために数年を費やすほど、帝国に時間的な余裕はない。

帝国の大望はラップランドやイェルムガンドを占領する、などという些末《さまつ》なことにないのだ。

大陸制覇、そして人類の敵妖魔との決戦。

それこそが帝国の目指す最終目標なのである。

「軍団全ては渡さぬぞ?」

「精兵五千にて」

苦笑しながら許しを出すヘイムダルに、スクルデは蕩けるような笑みを浮かべて頭を下げた。

スクルデの率いる南方第二軍四万のなかでも、スクルデが直率する親衛隊五千は「赤色猟兵団」と呼ばれる精鋭であった。

この五千を率いる限り、敵が三万であっても負けない自信がスクルデには漲《みなぎ》っていた。

「よかろう。ストラスブール侯が心細い思いをしているであろうから、早々に発《た》つがよい」

「御意」

金髪を掻き上げ、スクルデは嫣然と微笑む。

戦に行くどころか、宮廷の晩餐会《ばんさんかい》で大輪の花ともてはやされるような、見事な笑顔であった。

◆ ◆ ◆

時は一週間ほど前に遡る。

「――見事であった。卿の功績を賞してバシュタール辺境伯の地位を復活する」

バシュタールを復興したばかりか、大侵攻以来失われていた領土を妖魔から奪還したことで、王都ではクラッツの陞爵を祝う式典が開催されている。

対妖魔戦における人類側の勝利は、これほどの大規模なものとなると実に数十年ぶりであった。

そのためイェルムガンド国内ばかりでなく、ラップランドはもちろんのこと、同じ五大国であるローレンシア連邦やケテルネス王国からも使者がやってきている。

特にアースガルドの西方第三軍と相対しているローレンシア連邦は、イェルムガンド王国との協力関係をさらに深めたいという思惑があった。

アースガルド帝国の拡張主義に危機感を覚える国は少なくない。

多かれ少なかれ、近隣諸国は今後のイェルムガンド王国とアースガルド帝国の動向に注目しなくてはならなかった。

「あれが噂の怪力クラッツか……」

「魔導士としても右に出る者がいないと聞くぞ」

各国の使者の目は、壇上でクリストフェルの前に跪くクラッツに向けられた。

確かに滅多に見ない大男ではある。

しかし同じような体躯の者なら探せばどの国でも見つけられるだろう。

クラッツの常識が四回転半したような無茶苦茶ぶりは、実際に目撃しなければ信じられないのが道理であった。

もっとも、見る者が見ればクラッツの保有する魔力量が笑うしかないほど尋常でないことはすぐにわかる。

果たして噂の英雄の武力が本当にアースガルドの精鋭に通用するのか。

こう言ってはなんだが、大国を相手にしていなかった第四軍は、剣鬼ギュンターの第一軍や狂姫スクルデの第二軍より格が落ちる。

もしクラッツが彼らをも圧倒したならば、大陸の新秩序はイェルムガンドを中心に回っていくに違いなかった。

今やクラッツの一挙手一投足に、全世界の注目が集まろうとしていた。

「皆の者！　このイェルムガンドに栄光をもたらしてくれた英雄に祝福を！」

「祝福を！」

「英雄万歳！」

「イェルムガンド王国に栄光あれ！」

アースガルド帝国がどれだけ強兵を誇ろうと、その力は想定の範囲内に収まる。

しかし妖魔は過去幾度か、人類を破滅の瀬戸際まで追い込んだ実績があり、その恐怖は到底想定内に収まらなかった。

すなわちそれは、上級妖魔を撃破したクラッツは単純な国家間戦争の英雄より上位の存在となったことを意味していた。

地鳴りのように沸き起こる歓声を前に、ルナリアはごくりと生唾を呑み込んだ。

――ついにここまで来た。

他人の目からは呆れるほどに早いかもしれないが、ルナリアにとってはもう随分と長く待ち焦がれていた瞬間が。

クラッツが未来の王配として相応しい、十分な資格を得るという瞬間が。

「今日の良き日にもうひとつ、皆の者に報告がある！」

クリストフェルは機嫌よく、高々と右手を群衆に向かって掲げた。

「余の後継者たる王太子として、我が娘ルナリア・イェルムガンドを正式に立太子する！　そしてバシュタール卿を娘の婚約者として迎えよう」

「うわあああああああああああっ！」

耳をつんざく歓呼の声が上がった。

平民出身の英雄――物語から抜け出てきた立身出世物語の最終章のような光景であった。

誰もが妖魔やアースガルド帝国への恐怖を忘れて、久々の喜びに酔った。

英雄がバシュタールに平和と繁栄をもたらしたように、イェルムガンドにもきっと栄光をもたらしてくれるだろう。

力強く拳を突き上げるクラッツに、群衆は極彩色《ごくさいしき》の未来を夢見たのである。

しかしルナリアにとってそれは、ごくごく身近な現実にほかならなかった。

もうこれ以上一日たりと我慢などできない。

（今夜――妾は身も心もクラッツの妻になる）

今すぐクラッツを押し倒したい衝動に耐えつつ、ルナリアは記念すべき二人の夜に想いを馳《は》せて、上気した頬に両手を寄せた。

「……わかってはいるんだけど、やっぱり妬《や》けるわね」

憂いを含んだ視線でコーネリアは夕闇に黒くそびえる城を見上げた。

今頃は宮中でねぎらいの宴が開かれ、ルナリアとの初夜のための準備が粛々と行われているだろう。

ルナリアがクラッツに抱かれる二人目の女となることに、針で胸を突き刺すような痛みがある（妖魔三人は数にも入らない）。

しかし辺境伯という、コーネリアが想像もできなかった地位に上ったクラッツの妻として、釣り合うのはルナリア以外にいないことも確かであった。

フリッガもそういう意味では釣り合う存在だが、国内の大貴族をそう簡単に他国の王族と結婚させるわけにはいかないのだ。

「それでも、最愛の座だけは譲らないわ！　それに私はたった一人の義姉なのだし」

幼い日から誰よりも長くクラッツの成長を見守ってきた。

初めて女性として意識されたのも、恋を告げられたのも、男と女の関係になったのも、全てコーネリアが最初だった。

それでも結婚式という乙女最大の夢は、ルナリアに譲ることになるだろう。

「で、でもあのプレイは上品なお姫様にはできないわっ！」

自分を勇気づけるようにコーネリアはぐっと拳を胸の前で握りしめた。

忘れもしない。

昨夜、今日の埋め合わせのためにクラッツに存分に抱いてもらったときのこと――。


(ひとつ疑問なんだけどさ)

勝気な性格に反して閨では完全に受け身になってしまうコーネリアを優しく愛撫《あいぶ》しつつ、クラッツはベルンストに尋ねた。

『……嫌な予感がするのじゃが』

(ほら、牛の乳の出をよくする魔導ってあっただろう？)

バシュタールでは近頃、金に物を言わせて牛馬、特に牛を大量に購入している。

あまり知られていないが、牛は人間にとって、非常に利用しがいのあるチート動物だからだ。

未開発の草原があれば、その雑草を食べて成長するので食費もかからない。

乳からは栄養価の高い牛乳が取れるうえ、性格は大人しく、また力も強いので農耕にも力を発揮する。

巨体ゆえにその肉は貴重なタンパク源として、食糧の不足する冬には優に数カ月の食を満たすことも可能であった。

　人口の増加による農地の開発と、食糧問題を同時に解決してくれる牛の大量購入に踏み切ったのは、もちろんベルンストの入れ知恵である。

『何か問題があるのか？　あの魔導のおかげで牛の乳は十分需要を満たせておるはずだが』

（いや、これ人間の女性に使ったらどうなるかなあ……と思ってさ）

『まあ、乳がよく出るであろうな』

　そう聞くや否や、クラッツは土下座せんばかりに頭を床に擦りつけた。

（魔導なめてましたああああ！　ナマ言ってすみません～～！！！）

『そんなことで魔導を見直されたら、こっちのほうがむなしくなるわああああああっ！』

　実体があれば涙を流さんばかりの勢いでベルンストは絶叫する。

　神に等しき魔導の王の、空前絶後の技術が母乳を出すことに費やされるのが、あまりに理不尽に感じられてならなかった。

「さ、さっきから何をやってるの？　クラッツ」

　突然床に頭を叩きつけた義弟に慌てて、コーネリアは肩を揺すった。

　クラッツに限ってそんなことはありえないのだが、ストレスでおかしくなったのではないかと思ったのだ。

　コーネリアがそう邪推してしまうほど、最近のクラッツの日常はブラックそのものであった。

バシュタールの政策の決定と承認、そしてようやく数が揃いつつある辺境伯軍の閲兵、訓練、さらには巡検。

そして予算の執行に必要な書類、書類、書類。

マリーカとクロデットの手腕をもってしても、領主として決済しなければならないものは外せないのである。

部下に独断専行の予算執行を許すような領主はもはや領主ではない。

コーネリアの目にもクラッツの激務は常軌を逸していた。

「ごめん、ちょっと頼みたいことがあって……」

「えっ……？」


――そのときクラッツに囁かれた言葉に、どうして素直に頷いてしまったのか。

今でもそれを考えると、コーネリアは羞恥に顔から火を噴く思いである。

しかし赤子のように自分のささやかな胸に吸いついて　母乳を飲むクラッツを抱いていると、これまでは気づかなかった母性を刺激されて恍惚となってしまう。

なんと言うべきか、母乳を飲むほうも飲ませるほうも、紛うことなき変態であった。

決してまともな人間にできる所業ではない。

「ふっふっふっ……ルナリア、あなたに同じ真似ができるかしら？」

格好良く決めたつもりのコーネリアだが、冷静さを取り戻した後、あまりの痛さに死にたくなってしまったのは言うまでもない。

「次は私次は私次は私次は私次は私次は私次は私次は私次は私次は私次は私」

そしてお預けを食らっていたフリッガが、ルナリアの初夜を前に人知れず壊れかけていた。

◆　◆　◆

賑やかな宴は、たちまちのうちに過ぎていった。

騒がしいなかにどこか哀調を感じさせる東方の楽隊が演奏を終わると、今度は南方の露出の多い美女たちによる見事な舞踊が披露される。

そして密かに精神を高揚させる酒が振る舞われ、山海の珍味に舌鼓を打っているうちに、いつしか広間には上気して頬を赤く染めたクラッツとルナリアだけが残されていた。

まさにそのタイミングを見計らったかのように、広間の奥の扉が音もなく開く。するとそこには見事な天蓋付きのベッドが、これみよがしに鎮座していたのである。

（だ、大丈夫、念入りにお風呂に入ったし、お気に入りの香水もつけて下着もとっておきを選んだから……！）

覚悟は決めていたはずだったのに、未知への恐怖からか、ルナリアとしたことが座ったまま動くことができない。

握りしめた手に汗が滲み、力の入りすぎたルナリアの肩が震えた。

『そこは緊張を解くために、キスのひとつもするところだぞ』

（わかってるよ！　俺だってちょっとは経験してるんだ。童貞だったころとは違うんだよ！）

『ほほう、おっぱいを欲しがる赤子が経験とナ』

——ブチリ。

ベルンストの挑発に、クラッツの脳内の血管が何本か音を立てて切れた。

自分でもアブノーマルすぎたか、と思うプレイであっただけに、ベルンストの言葉はクラッツの痛い部分を突きまくったのである。

「な、何か言わぬかっ！　こここんなときには女を優しくリードするのが男の甲斐性であろう？　ってきゃあああああっ！」

明らかにどこか逝《い》ってしまった目で石化していたクラッツに、八つ当たり気味に食ってかかったルナリア。しかし初夜の緊張に足がもつれ、不幸にもクラッツの顔をめがけてダイブする格好になってしまう。

コーネリアより遥かにボリュームのあるルナリアの、大きく胸元が開いたドレスから零れる生乳を押しつけられたクラッツの理性はあっけなく崩壊した。

「もう辛抱たまら——んっ！」

本来なら高嶺の花の美姫。

その甘い肉体が差し出されて、これをいただかぬのは男の恥でなくてなんだろうか。

そんな言い訳をしたかしないかのうちに、クラッツはルナリアの胸にむしゃぶりついた。

「ごちになりま――す！」

「ちょ、初めてなんだから優しく……らめええええええっ！」

そして数時間後。

荒い息を吐きながら、二人は火照った裸身を抱き合い見つめ合っていた。

「もう、乱暴なんだから……」

「返す言葉もありません」

「でも……妾は激しすぎるくらいがいいかも♪」

クネクネと恥ずかしがりながら、何かいけないものに目覚めてしまったルナリアがいた。

そして二人は今まで以上に仲良しに……もとい、正式な結婚式は先になるが、心と体はしっかりと夫婦になったのだ。


朝の陽差しを浴びて、ルナリアは身体の芯に残る倦怠感《けんたいかん》とともに目覚めた。

まだ股間に何か入っているような違和感があるが、それは待ち焦がれた愛しい男との情事の証拠でもあった。

うれしくも照れくさいその事実に、だらしなく口元を歪ませたルナリアは、そんな自分を愉快そうに眺めているクラッツの姿に気づいた。

「ば、馬鹿者！　見るでないっ！」

慌ててルナリアは真っ赤に染まった顔を隠すが、今度は肌に生々しい情交の跡の残る裸身が露出してしまう。

重力に引かれて毬《まり》のように弾む美乳を眺め、クラッツは満足そうに微笑んだ。

（いつかあの乳から、腹いっぱいになるくらい母乳を飲んでやるんだ……）

『もういやじゃっ！　この変態っ！』

（おんやあ～～？　ベルンストだって母乳には興奮してたくせに）

『認めん！　魔導の王の名にかけて、断じてそんなことは認めんぞおおおおっ！』

「もうっ！　見るなといっておるじゃろうが！」

隠そうにも隠しきれない巨乳を両手から零れさせ、ルナリアは慌てて下着を拾いに走る。

丸見えの桃尻をクラッツへ向けて、どこじゃどこじゃと下着を探すルナリアの煽情的な姿に、たちまちクラッツの理性は砕け散った。

「こんなの辛抱たまらんやろおおおおっ！」

「ふえっ？　きゃあああっ！　そんな朝からなんて……」

羞恥に頬を染めつつも、形だけの抵抗をしてルナリアはクラッツを受け入れる。

その目が実は全く笑っていないあたり、嵌められたのはクラッツのほうなのかもしれない。

……その日二人が姿を現したのはお昼近く。

「次は私次は私次は私次は私次は私次は私次は私次は私次は私次は私次は私……」

フリッガの恨みのこもった眼差しに、さすがのルナリアもそのときだけは幸せオーラを振りまくのを控えたのだった。

◆　◆　◆

——ルナリアの立太子など認めぬ。

そう記されたストラスブール侯の書簡が届けられたのは翌日のことであった。

——イェルムガンドの後継者はフェルブルーである。槍にかけて私は正統の後継者を守り抜く。

書簡には雄弁にそう書き連ねられていた。

「あの若造、血迷ったか」

クリストフェルがそう思ったのも無理はない。

確かにストラスブール侯爵家は、イェルムガンド王国でも有数の名門である。

領地も肥沃《ひよく》で交通の要衝にあり、抱える兵力や人口も多い。

しかしそれはあくまでも貴族の中での話であって、彼の兵力で王国に牙を剥くのはあまり無謀と言えた。

アースガルドとの国境に広がるストラスブール侯爵領は、アースガルド方面には強固な城壁を有しているが、反面イェルムガンド王国側には濠《ほり》がある程度で最小限の防御力しかない。

かつてアルベルトが王宮の中心にいたころであれば、貴族の同調者から有形無形の支援を引き出せただろう。

今となっては血縁の親族すら味方してくれるかどうか怪しい。アルベルトともあろう者がどうしてこんな馬鹿な真似をしたのかと、クリストフェルは首をひねった。

「――何とぞ侯の不始末、我らにお任せを」

ここぞとばかりに進み出る男がいた。

クルーゾー伯爵にヴィルパン男爵、そしてアルベルトの右腕とも目されていたラグランジュ侯爵である。

彼らは先のアルベルトの失脚後、いち早くルナリア派に鞍替えしたが、主流派とはいえず汚名返上の機会を待っていた。

クリストフェルはごく短い時間に目まぐるしく思考をめぐらせた。

正直なところ、彼らの戦力でストラスブールの精鋭を撃破することは簡単ではない。

クラッツに任せてしまえば鎧袖一触なのは確実だ。

しかし戦いの勝敗はともかく、宮廷政治において手柄の独り占めは極力避けたい。あまりクラッツが権力を持ちすぎて新たな王朝など建てられても困るし、クラッツとルナリアに頼りすぎて、貴族たちにそっぽを向かれるわけにもいかなかった。

王国という広大な土地を支配していくうえで、貴族の協力はなくてはならないものだからだ。そのあたりのさじ加減を間違うと、今代はよくても次代にそのツケが回る。

強力な王が亡くなって、後を継いだ気弱な王が国を疲弊《ひへい》させるというのは、これまで幾多の歴史が証明してきたことであった。

「――よかろう。卿らの忠勤に期待する」

「御意！」

「とはいえ三家だけでは戦力が持つまい。王国軍からクフィール将軍を派遣しよう」

クフィール将軍はラグランジュの妻の従兄《いとこ》に当たる。

クリストフェルの配慮にラグランジュは深く頭を下げた。

「必ずや王国に勝利を」

戦の準備のため慌ただしく退室したラグランジュの後を追うように、クルーゾー伯爵とヴィルパン男爵が語りかけた。

「これで良かったのでしょうか？」

「アルベルトは政略ほど軍に通じてはおらぬよ。それにいくら侯爵家に仕えているとはいえ、王国に本気で謀反する者が何人いると思う？」

確かにストラスブール侯爵家は強大だが、その部下たちはあくまでもイェルムガンド王国の国民でもあった。

積極的に主人に歯向かおうとはしないかもしれないが、戦意に満ち溢れて王国に立ち向かうこともまたあるまい。

ラグランジュの見るところ、アルベルトに従う親族も全体の半数どころか、二割に満たないはずであった。

となれば、彼らの戦力だけで勝算は十分に立ち得る。

「それにしても、半年前にはこんなことになるとは夢にも思いませんでしたな……」

あのころはアルベルトとともに栄華を掴むと信じて疑わなかった。

ヴィルパンの嘆息をラグランジュは嗤った。

「さよう、夢にも思わぬことが実際に起こるのが現実というものだ。未来を知ることができるのは予言者のみよ」

だからこそラグランジュは、謀反の討伐に誰よりも早く手を挙げたのだった。

「――何か思うところがおありのようで？」

クルーゾーが下から覗き込むようにラグランジュを見上げた。

長身のラグランジュは傲然とクルーゾーを見下ろして、得意そうにひげをしごく。

「考えても見よ。ルナリア殿下はまだ結婚すらしていないのだぞ？　あの成り上がりとの間に子供が産まれるのはいつになることか。粗野なあの男が近い将来失脚せぬとも限るまい」

「なるほど、つまり……」

勝負はついたと考えるのは早計なのだ。

ルナリアが正式に王太子となった今も、フェルベルーが国王の二人しかいない実子という事実は変わらない。

ルナリアは明日をも知れぬ重体に陥ったことがあり、クラッツも王国貴族としては未知数の部分が多すぎる。子供ができなかったり、離婚したりすることもありえた。

それに男の国王であれば側室をいくらでも持てるが、女王は王配以外に愛人をつくることが少ない。

そう考えると、フェルベルーの持つ価値はアルベルトが失脚した今も依然として大きかった。

「このままどこの馬の骨とも知れぬ野人に、我が王国をほしいままにされてなるものか。そのためになら労は惜しまぬさ」

「まこと、ラグランジュ様は王国の忠臣にございます」

今は非主流派に甘んじているが、アルベルトを討つことで手柄を挙げれば、逆転の布石まで打つことが可能となる。

ラグランジュはもうじき五十になろうという初老の男であったが、野心を忘れて老後を送ろうとするほど老いてはいなかった。

むしろアルベルトという求心力を失ったフェルベルー派を、再び構築し直す程度の老練な手腕がある。

「まずは目の前の勝利のために努力するとしようか。どうせあの男がボロを出すまで、それほど時間はかからぬさ」

そのとき彼らは、愚かなアルベルトが自分たちの踏み台となることを疑っていなかった。

確かにアルベルトだけが相手ならそうなる可能性は高かった。

勝利を確信する彼らの未来には、過酷で凄惨《せいさん》な現実が待ち構えていた。

まさにいみじくもラグランジュが言ったとおり、夢にも思わぬことが実際に起こるのが現実なのである。

◆ ◆ ◆

「——ご主人様、もう待てません」

ルナリアとの初夜を終えた翌日の深夜、フリッガがクラッツのもとにやってきた。

これ以上待たせたら、病んだフリッガに何をされるかわからないので、ルナリアもコーネリア も承知の上の話だった。

特にルナリアは自分の我がままで待たせた自覚があるだけに、フリッガの扱いに関してはかなり寛大である。

「もう待たせるつもりはないよ。おいでフリッガ、と言いたいところなんだけど……なんでクシアドラがいるの？」

想定外であったのはフリッガが、隷属した妖魔のクシアドラを伴ってきたことだ。

男装の麗人と見紛うクシアドラの中性的な印象は変わらない。

「お姉様は処女ですので、私が補助を務めます。それと私はお姉様のものですので、お姉様だけをご主人様に貪らせるわけには参りません」

「その理屈が俺にはわからないよ……」

『要するにあれだな、心酔するフリッガに置いて行かれたくないペットと同じだ』

（なるほど……）

「クシアドラ、お前はフリッガに仕えているかもしれないが、フリッガは俺の女だ。フリッガの邪魔はするなよ？」

「お姉様が望むのであればSでもMでも思いのままに」

「よし、ならば母乳だ」

「はいっ？」

クシアドラとしたことが、あまりに予想外の言葉に素で聞き返した。

「ご主人様！　私は孕んでしまったのですかあああ？」

母乳にまみれ、フリッガは忘我の悦楽に蕩けた声を上げる。

「変態です！　変態変態変態変態！　わ、私にまでこのような……！」

口では汚くクラッツを罵《ののし》るものの、まんざらでもない様子でクシアドラも嬌声を上げた。

翌日の朝日が昇るころには、すっかりフリッガもクシアドラもクラッツに骨抜きにされてしまっていた。

「ご主人様、フリッガは幸せれしゅう……」

「くっ……この私が変態に屈服する日がこようとは……」

「とりあえず朝も母乳だっ！」

「ひやあああああああああああああああんっっ！」

戦場では気高い美姫も、かつては敵対していた筋金入りの同性愛者も、クラッツの無限の体力の前には等しく儚《はかな》い一輪の花にすぎなかった……。

外伝

それぞれの美醜

The Heroic Saga of Almadianos

アルマディアノス英雄伝

トリアステラはうなされていた。

額にはうっすらと汗が滲み、眉間には不快そうな皺が刻まれている。

「う……う〜〜ん……」

トリアステラは苦しそうに大きな枕に埋もれていた頭をしきりに左右に振った。

クラッツに出会ってから久しく見ることのなかった悪夢が、彼女を苦しめさいなんでいる。

それはちょうど、半年ほど前の忌まわしい記憶であった。


「あら、性懲りもなく露出しているわね」

「むっ、カトリーヌか」

トリアステラは苦手の女に見つかり、不機嫌そうに眉を顰《ひそ》めた。

目下、妖魔の貴族で一、二を争う美女として名高いカトリーヌは、トリアステラにとって妬《ねた》ましさが募る相手であった。

醜女と呼ばれ、同じ貴族の妖魔男性から、あからさまに視線を逸らされることにも慣れてしまった。

人間にとって吸精鬼《ノスフェラトゥ》が、目もくらむばかりの美しさであることはわかっている。

しかし魅了の通じない上級妖魔からすれば、吸精鬼《ノスフェラトゥ》の容姿はあまりに人間に似すぎていた。

力を信望する妖魔にとって、人間に似ているという事実は、ゴキブリに似ているのも同然なのだ。

改めてトリアステラはカトリーヌの美貌を見やる。

ぬめぬめと蛇のように滑りを帯びた肢体。

怪しく輝く青黒い肌は、新鮮な岩魚を思わせた。

なんと官能的なことか。

数多《あまた》の男たちがあの肌に頬を擦り、その感触を味わいたいと思うのも無理はあるまい。

それに引き換え、自分のもちもちした肌の色気のなさと言ったら！

敗北感に思わず俯くトリアステラ。

「ふふふ……相変わらずだらしない身体ね。そんなみすぼらしい身体を見せられる殿方の身になってごらんなさいな」

「くっ……」

屈辱にトリアステラは痛いほど唇を噛みしめる。

まるで巌のようにごつごつと隆起した上腕二頭筋、そして丸みを帯びた尻のごとく魅惑の曲線を描く大胸筋は、同じ女性であるトリアステラをもってしても、見事さを認めぬわけにはいかなかった。

カトリーヌは耳まで裂けた唇を吊り上げてニンマリと嗤う。

なんともいえず気品に満ちた笑みである。

大きく突き出た鷲鼻《わしばな》と団栗眼《どんぐりまなこ》が、えも言われぬ高貴さを感じさせた。

自分もこんな美形に生まれていたら！

「ああっ！　タランティーノ公爵様！」

「バートリ子爵か。いつもながら夜空の星のごとき美しさだな」

「まあ、お上手ですこと」

カトリーヌの裂けた唇から、チロチロと蛇のごとき真っ赤な舌が覗いた。

あざといほどに可愛らしい。

その後で挨拶しなくてはならないトリアステラにとっては、拷問にも等しき所業であった。

「こ、公爵様。ご機嫌麗《うるわ》しゅう」

「うむ、伯爵も息災でなによりだ」

そう言いつつ、さりげなく視線を逸らしていることを気づかぬはずもない。

女としての敗北感に打ちひしがれながらも、トリアステラは傲然と胸を張った。

「晩餐会が楽しみでございますわ」

トリアステラがタランティーノの右腕にしなだれかかろうとすると、それを待っていたかのように、カトリーヌの野太い腕が疾風のように奪い去っていく。

トリアステラとカトリーヌでは持って生まれた身体能力が違いすぎる。

たちまちトリアステラの代わりにタランティーノの隣を独占すると、二人は幸せそうに晩餐会の会場へと歩いていった。

取り残されたトリアステラを一瞥《いちべつ》すらせずに。

くすくす、と惨めなトリアステラを嘲笑う周囲の声が、否応なく耳に突き刺さった。

「惨めなものね」

「見なよ、あの細い腰回りの醜いこと！」

「人間そっくりで怖気《おじけ》が走るわ！」

「いやああああああああああああああああああああああああ！」

全身を汗でびっしょりに濡らして、トリアステラは自分の叫び声に浅い眠りを破られた。

心臓が痛いほどに激しく鼓動を響かせている。

どうしてこんな夢を見てしまったのか。

「どうした？　ステーリア」

原因はわかりきっていた。

裸身をさらしたトリアステラの横には、彼女がその身体を心の全てを捧げた主人、クラッツがいたからだ。

「……ご主人様、私は綺麗ですか？」

この人にだけは嫌われたくない。醜いと視線を逸らされたくない。

心からそう思ってしまったからこそ、あんな昔の悪夢を見てしまったのだろう。

「綺麗だとも。この大きな乳も、張りのある尻も、艶《つや》のあるプラチナブロンドの髪も、みんな俺の好みだぞ？」

「うれしい……ありがとうございます！」

かつては決して得られなかった言葉。

人間の目には魅力的な容姿であることがわかっていても、それでもなお確認せずにはいられないほど、トリアステラはクラッツに参っていた。

今では人間に近い吸精鬼《ノスフェラトゥ》に生まれたことを感謝したいほどだ。

たとえ妖魔から醜い女と蔑《さげす》まれても、クラッツが美しいと言ってくれればそれだけでいい。

「それにしてもわからんな。妖魔の美醜というのは」

「妖魔の間では、肌は硬ければ硬いほどよいと言われておりますわ」

「俺には到底信じられんな。こんな揉みごたえのある胸が醜いとかありえんだろ！」

「あんっ！」

クラッツの大きな手で胸を鷲掴みにされたトリアステラの唇から、こらえきれぬ嬌声が漏れた。

「どうか私に、ご主人様の言葉が真実であると信じさせてくださいませ」

「任せておけ」

そうして二人の身体は薄く白み始めた朝陽に照らされて、再び絡み合うようにして蠢《うごめ》き始めた。

ひょんなことから異世界に転生させられた普通の青年、神城《かみしろ》タケル。前世では何の取り柄もなかった彼に付与されたのは、チートな身体能力・魔力、そして何でも見つけられる「探査《サーチ》」と、何でもわかる「調査《スキャン》」という不思議な力だった。それらの能力を駆使し、ヘンテコなレア素材を次々と採取、優秀な「素材採取家」として身を立てていく彼だったが、地底に潜む古代竜と出逢ったことで、その運命は思わぬ方向へ動き出していく――

◉定価:本体1200円+税　◉ISBN978-4-434-22917-6　◉Illustration:海島千本

大人気小説「月が導く異世界道中」が
PCブラウザゲーム化！
月が導く異世界道中
Tsuki ga michibiku isekai douchu
新たな魔人と共に紡ぐ、
もう一つの「月導」
月が導く異世界道中 PC online game
2017.SPRING
comming soon!!
©Kei Azumi ©AlphaPolis Co., Ltd. ©FUNYOURS Technology Co., Ltd. キャラクター原案：マツモトミツアキ・木野コトラ

とあるおっさんのVRMMO活動記
PCオンラインゲーム
絶賛
サービス中!
ワンモア・フリーライフ・オンライン
とあるおっさんのオンライン活動記
上級クラス実装で
新たな
展開へ!
キャラクター固有のスキルを自由に組み合わせ、
自分だけのコンビネーションを繰り出そう!
詳しくは http://omf-game.alphapolis.co.jp/ へアクセス!
©2000-2016 AlphaPolis Co.,Ltd. All Rights Reserved.

超人気異世界ファンタジー THE NEW GATE
スマホアプリ絶賛配信中！
THE NEW GATE
ザ・ニュー・ゲート
スタートダッシュキャンペーン
開催中!!!
ゲームを始めるだけで豪華アイテムをプレゼント！
大迫力の
本格バトルRPG
ここに開幕――！
【Android】Google Play
【iOS】App Store
でダウンロード！
公式サイトは
こちら
http://game.the-new-gate.jp/
©Shinogi Kazanami ©AlphaPolis Co., Ltd. キャラクター原案：魔界の住民・三輪ヨシユキ

Re:Monster
ゲームアプリ解放中《リリース》!!
55万ダウンロード突破!
※2016年12月31日時点
App Store無料ランキング(ゲームカテゴリ)2位!
※2016年2月25日時点
Google Play™国内アプリ新着無料ランキング3位!
※2016年2月26日時点
「大戦」機能完全リニューアル!
20vs20の大型イベント定期開催中!
喰えば喰うほど強くなるRPG!
Re:Monster
リ・モンスター
～ゴブリン転生記～
書き下ろしマンガも公開中じゃよ
詳しくは
http://remonster.jp/
にアクセス!
【Android】Google Play
【iOS】App Store
で好評配信中!
携帯サイトはこちらから!
©Kogitsune Kanekiru ©AlphaPolis Co., Ltd.

ネットで話題沸騰!
アルファポリスWeb漫画
面白い漫画が毎週読める!!
アルファポリスCOMICS
ゲート GATE
自衛隊 彼の地にて、斯く戦えり 原作:柳内たくみ 漫画:竿尾悟
Yanai Takumi
Sao Satoru
原作:秋川滝美
漫画:しわすだ
居酒屋ぼったくり
BOTTAKURI
原作 丘野優 漫画 鈴木イゾ
Yu Okano Izo Suzuki
平兵士は過去を夢見る
HIRA-HEISHI WA KAKO WO YUMEMIRU
原作:サカモト666
漫画:水清十朗
ダンジョンシーカー
The Dungeon Seeker
原作:瀬戸メグル
漫画:橋本ユウシ
邪竜転生
人気連載陣
● THE NEW GATE
● 月が導く異世界道中
● 獣医さんのお仕事 in 異世界
● 魔拳のデイドリーマー
● 異世界を制御魔法で切り開け!
● のんびりVRMMO記
● 転生しちゃったよ(いや、ごめん)
and more...
原作 椎名ほわほわ
漫画 六堂秀哉
とあるおっさんのVRMMO活動記
原作:金斬児狐
漫画:小早川ハルヨシ
Re:MONSTER リ・モンスター
選りすぐりのWeb漫画が 無料で読み放題!
今すぐアクセス!
アルファポリス 漫画
検索
アルファポリスアプリ
スマホでも漫画が読める!
App Store/Google play でダウンロード!

アルマディアノス英雄伝《えいゆうでん》3

2017年2月1日初版発行

著者：高見梁川（たかみ りょうせん）

福島県在住。漫画の執筆経験もある根っからの創作家《クリエーター》。歴史とファンタジーをこよなく愛する。2013年『異世界転生騒動記』でアルファポリス「第6回ファンタジー小説大賞」大賞を受賞し、翌年同作にて出版デビュー。著書は他に『ある魔女の受難』（アルファポリス）などがある。

イラスト：長浜めぐみ

http://www6.big.or.jp/~megu-/

本書は、「小説家になろう」（http://syosetu.com/）に掲載されていたものを、改稿のうえ書籍化したものです。

編集－宮本剛・太田鉄平
編集長－塙綾子
発行者－梶本雄介
発行所－株式会社アルファポリス
〒150-6005東京都渋谷区恵比寿4-20-3恵比寿ガーデンプレイスタワー5F
TEL 03-6277-1601（営業）03-6277-1602（編集）
URL http://www.alphapolis.co.jp/
発売元－株式会社星雲社
〒112-0005東京都文京区水道1-3-30
TEL 03-3868-3275
装丁・中面デザイン－AFTERGLOW
印刷－大日本印刷株式会社
価格はカバーに表示されてあります。
落丁乱丁の場合はアルファポリスまでご連絡ください。
送料は小社負担でお取り替えします。

ISBN978-4-434-22920-6 C0093